高建群——著

高建群散文作品

一场秋风老少年

陕西新华出版
陕西人民出版社

图书在版编目（CIP）数据

一场秋风老少年／高建群著.—西安：陕西人民出版社，2023.11
ISBN 978-7-224-14856-5

Ⅰ.①一… Ⅱ.①高… Ⅲ.①散文集—中国—当代 Ⅳ.①I267

中国国家版本馆CIP数据核字（2023）第034920号

出 品 人：赵小峰
总 策 划：关　宁
出版统筹：韩　琳
责任编辑：王　倩　晏　藜
特约编辑：牛延宁
封面设计：赵文君

一场秋风老少年
YICHANG QIUFENG LAO SHAONIAN

作　　者	高建群
出版发行	陕西人民出版社
	（西安市北大街147号　邮编：710003）
印　　刷	西安市建明工贸有限责任公司
开　　本	787毫米×1092毫米　1/32
印　　张	8印张
插　　页	12
字　　数	163千字
版　　次	2023年11月第1版
印　　次	2023年11月第1次印刷
书　　号	ISBN 978-7-224-14856-5
定　　价	89.80元

如有印装质量问题，请与本社联系调换。电话：029-87205094

高建群

祖籍陕西临潼，国家一级作家、陕西省文联副主席、陕西省作家协会副主席。被誉为浪漫派文学"最后的骑士"。代表作《最后一个匈奴》《大平原》《统万城》《我的菩提树》等。

陕北文化的几个大问号

——序新书《一场秋风老少年》

"马面"是一个什么样的城防设施呢？它是在修筑绵延一圈的城墙时，贴着城墙外侧，大约每隔十丈筑起的土堡垒，类似瓮城。不过瓮城是在城墙内侧，这"马面"是在城墙外侧。

这突出于城墙外侧的土堡十分坚固。统万城的筑城材料，用的是当地的白土，掺上糯米汁，再加上动物血，凝固以后坚硬非常，用当地老百姓的话，可以在城墙上磨镰刀。

坚固的马面，中间是空的，一个大肚子，可以用来藏兵士，藏兵器，藏食物和水，上面与城墙顶端相通，人可以从城墙上沿着一个狭窄的通道，踩着台阶下到底下的大空间中。空间的侧面有一个暗门，打开暗门，手执兵器的士兵，就鱼贯地从马面里冲出来。

因为有这马面，北魏拓跋焘大帝几次攻城都未能攻破。后不北魏军攻入城中，马面的暗门打开，一队士兵手执马刀，冲了出来，那时赫连勃勃已死去一年。赫连的儿子赫连昌，大约就是从这马面中杀出，令攻城的拓跋焘阵脚大乱，只得率兵溃退三十里，至今天统万城正北地面，内蒙地面的十三敖包一带。赫连昌见得胜了，正在得意时，只见身后统万城中，火光冲天，人声鼎沸，这个被夸口"比咸阳城更坚固，比洛阳城更华美"的统万城被破了。却见拓跋焘站在城头，高喊：黄口乳儿，你中计了！

见中了拓跋焘的计谋，赫连昌只得领着他的残兵，退守回长安城。赫连勃勃当年在长安城灞上称帝，曾将长安城作为陪都，称"小统万城"，又称南台、南京，而将他的大夏国首都统万城，称为北台、北京。

破了统万城之后，拓跋焘穷追不舍，待赫连昌在长安城喘息未定时，又尾随过去，再破长安城。

笔者这里说的是"马面"，想不到话篓子一打开，话撵话，说了这么多，简直是在谈统万城的兴衰史了。那么这里打住。

目下，陕西省文物局的田野考古，已经从统万城遗址上，清理出十三个被沙埋的马面。我几年前又一次造访统万城，从城墙上走下去，溜走到马面底下的大肚子里，又从马面北边的暗门中，猫着腰走出，算是体验了一回。统万城应当还有许多的马面，这些马面要么被沙埋，要么随着城墙坍塌，与城外的毛乌素沙漠融为一体了。

我在写作《统万城》时，曾详细记录了马面的一些细节。我在书中推测说，赫连勃勃这个"马面"设施，可能是之前进攻西宁时，从那里学来的。

西宁城的马面，西宁城郊的骷髅山，都已经从现在的田野考古中得到了证实。那时青海西宁市叫西平，吕光的守将在那里建立了一个国家，叫南凉国，国主叫秃发辱檀。鲜卑族政权为五凉之一，亦为五胡十六国之一。秃发这个姓氏，专家现在考证说，其实和"拓跋"这个姓氏是一回事。过去年代信息不通，大同地面的文人，记录下"拓跋"这两个字，西宁那里的文人，则记录下"秃发"这两个字。

史书上谈到的西宁城的马面和西宁城郊的骷髅山，都跟赫连勃勃那次攻城有关。史书中说，赫连斩下这片草原上敌骑兵一万首级，而后用这一万人的头颅筑成一个骷髅山。我在小说中也曾写到这些。

关于马面，我们从统万城追到西宁城，我以为已经追到根上了。谁知道2018年秋冬季节，在中亚地面，土库曼斯坦的老梅尔夫古城，我又惊异地见到"马面"这个城防设施。

老梅尔夫古城距现在2800年，相形之下，我们的统万城，距现在才1600年，可说是晚辈了。老梅尔夫古城，有很长一段时间，是中亚最大的城市，是丝绸之路上一个重要的节点。

老梅尔夫古城现在隶属土库曼斯坦。六百多年前，最后一代石国国王被中亚枭雄跛子帖木儿所杀，首都梅尔夫城被彻底摧毁，从而成为一片废墟，直至今日。如今老梅尔夫古城的西北角，有最后一位石国国王的陵墓。

站在西北角，当年梅尔夫城的角楼的废墟上，我应土库曼斯坦国家电视台之约，做了一场现场演讲。演讲中，我阐述了上面所说的老梅尔夫城的历史，接着话锋一转，给他们说到了陕北的统万城。我讲了统万城的筑城史，说了这同样地建在大戈壁的城市，是如此地相似，简直像一个模子里倒出来的。当然，我也没有忘记大说特说这老梅尔夫古城的马面，以及统万城、西宁城的马面。

两城都是建在旷野上的，天高地阔，一望无垠。城池平地而起。一圈城墙，城的东南西北四个角，筑有角楼。城也分内城和外廓城，外廓城之外，是易马城，即草原民族与农耕民族在这里以货易货、交换物产的地方。

不过，中亚的老梅尔夫古城，较之陕北的统万城，要大五倍吧！我们开车，从这已经变成戈壁滩的城池里穿过，用了半个小时。城的另一个角上（东北角），有一条红柳河，河边红柳花穗一兜噜一兜噜的十分茂盛。这叫人想起，统万城城外的那条河，也叫红柳河。当年赫连勃勃想将这河水，绕城一圈，修成统万城的护城河。后来的田野考古证实，护城河已经全部修好了，只是还没有过走水的痕迹。

老梅尔夫古城的马面设施，引起我极大的惊异，把我从统万城、西宁城的一千六百年前这个时间点，一下子又推到两千八百年前。

那么，统万城的马面，西宁城的马面，是从中亚地面传过来的吗？两千年前的时候，中亚地面确实曾有过一个古族大漂移年代，那么，那股历史潮水曾波及到鄂尔多斯高原和陕北高原吗？

陕北高原、鄂尔多斯高原、蒙古高原，它们处于欧亚大平原的东侧锋面上。

我本来以为,我为马面这种古代城防找到了出处,即它来自中亚,来自中亚游牧民族。然而,榆林神木地面挖掘出的石峁遗址中发现的马面设施,又颠覆了我以前的认知。

石峁遗址,十年来几次入选全国年度十大考古新发现,还被评为世界十大田野考古发现之一。皇城台,祭祀山峁等遗址的面世,轰动了世界。这里原来是一堆方圆几十里的拥拥挤挤的山头,明长城从中穿过。山头上原来堆积些乱石,一些地方露出黄土山峁。在祭祀山峁上,石砌围墙的缝隙里插着许多的玉石。一棵榆树紧靠围墙长着,阳光下每一片叶子都在哀恸地抖动着。

专家给石峁遗址的定位是距现在3800年至4200年间,在这里生活着黄帝部落中最大也最重要的一支。他们已经有了国家意识,有了九五至尊这个概念。他们称它为轩辕城或黄帝城。专家说,石峁的重要意义在于,那个阶段,正是中华民族的初民时期,中华文明板块或是聚、或是散的时期。如果有这个核心作为凝聚,它将滚雪球一样发展成一个大一统的文明板块,如果散了,它将发展成地中海沿岸那些支离破碎的小的邦国。他们因此把石峁遗址,叫成中华文明发展史的黎明时期。

最叫我惊异的是,在石峁遗址开掘了、发现了"马面"这个城防设施。而这个马面,业已4200年历史,比2800年前中亚老梅尔夫古城的马面还要早一千多年,较统万城西宁城的马面则更早。

这传达给我们什么样的信息呢?历史总是在你不经意的时候,

将它大神秘的一面展现给世人看。我的历史知识有限，我的考古知识也有限，我只能把现象罗列出来，把这个研究方向提示出来，就教于专家，就教于此后地更多的考古大揭秘。

本来这篇文字，我想写三个陕北文化大问号。马面的故事只是其一，后边还有民间剪纸艺术家白凤兰所画的中华民族初民时期的生殖崇拜图腾——伏羲女娲图（伏羲女娲图的人身蛇尾图案，竟与科学家为我们破译出的人类基因图谱几乎完全一样）。

再后面一个问号，还有当年（401）高僧鸠摩罗什来到长安城后，随他而来的三万名龟兹国的遗民，被后秦皇帝姚兴安置在榆林城附近的故事。那时还没有榆林城，姚兴命人在这块地面重建龟兹国、龟兹城。我问榆林人这座城的名字，他们说现在叫古城滩，并且还有一个蒙文名字，我没有记住。

许多的陕北大文化现象，也许都与这三万名龟兹遗民有关。西域文化当龟兹文化直接地影响了陕北，接着又间接地影响了中原文化。这是一个课题，我已经有一把年纪了，无力去深究，希望有志者将眼睛的余光在这里停驻一下。

世界是相通的，中华文明板块只是世界文明板块中的一部分。它在历史上，在现阶段，都与世界有着联系。这是我写完此文后的想法。

高建群

目录

第一部分

五月的鲜花开遍了延安的原野 / 003

陕北论 / 026　　陕北艺术散论 / 033

陕北是一块苦难的土地 / 044

第二部分

在那秦直道上 / 061　　古老的统万城 / 065

成吉思汗的"上帝之鞭" / 077　　赫连勃勃长什么样子？ / 092

走失在历史迷宫中的背影 / 096

第三部分

为了第一个猴子开始的事业 / 121

很久以前的一堆篝火 / 130

黄河在他心中咆哮 / 139

魔术师的口袋里装满忧伤 / 147

我有一言应记取,文章得失不由天 / 151

第四部分

杜梨花开满山白，野花开到白杜梨 / 155

划拳的艺术 / 161　　**火车上的故事** / 164

空空如也古羌村 / 169　　**刘萨诃的故事** / 173　　**小说家** / 176

第五部分

匈奴和匈奴以外 / 181　　**你知不知道有一种感觉叫荒凉？** / 220

我很穷，也很富有 / 227　　**我建造了一座纪念碑** / 230

天下匈奴遍地刘 / 240

一场秋风老少年

第一部分

DIYIBUFEN

五月的鲜花开遍了延安的原野
——我的杨家岭采访本

田间1982年4月底回延安。那是一个暮春的日子,万花山上开满了牡丹花。一位瘦瘦的矮矮的诗人,一步三喘,踏歌而行,缓步向花丛中走去。

田间是1938年奔赴延安的。延安的街头诗就始于田间。"假如,我们不去打仗,敌人,用刺刀,杀死了我们,还要用手指着我们的骨头说,瞧,这是奴隶。"这是田间的街头诗。街头诗的开路先锋,当然还有那个陕北籍诗人,早已故世早已不大为人提起的高敏夫——高乃陕北无产阶级文学的开拓者之一,他大约是受了苏联文学浪漫气氛的感染,一度曾易名高尔敏夫。田间这个当年振臂一呼应者云集的翩翩少年,如今已进入生命的暮年了。坐在延安宾馆里,他用深沉的、苍老的声音,向慕名而来的青年讲述着往事。这时候,他像一位饱经世故而锐气不灭的智者。等到人一走,独自一人时,他便默默地靠在沙发上,半闭着眼睛,像一位鏖战归来的疲惫的士兵。不,是鼓手,许多年前,闻一多先生曾这样称颂过他。

上面一段文字,是我当时采访他时的手记,那个慕名而来的青年,说的就是我。记得田间的身高大约不到一米六,穿一身有些褪了色的蓝人民装,粗一看像是灰色,戴一顶同样颜色的帽子,帽檐耷拉下来,遮住了眉头。他神情忧郁,不知为什么满腹心事。一张三人沙发,他蜷曲在沙发的一个角落里,显得那样矮小、疲惫,全身的骨头像散了架一样。他用一种沙哑的声音,回答我的采访提问,话语很短。谈话间,只有当提及延安时代的时候,他暗淡的眼神才猛然闪出火花,眼睛像鹰隼般闪闪发亮,但只一会儿,又暗淡下来。

田间在延安,待了三天,参观了枣园、杨家岭旧址,去延安城南30里的万花山,参加了延安文学青年的一次诗会。朗诵了他即席创作的《延安万花山》,并且给当时的延安大学创作学习班的学员做了一次报告。

老诗人田间在报告中说:"我是三八年来延安的,我还要继续继承和发扬延安精神,还要不断从延安这块土地上汲取营养,这就是我这次来延安的目的。什么时候都不应当忘记延安,没有延安就没有我们的中华人民共和国。我觉得《讲话》的一些基本东西,还是要肯定的,还是值得我们继续学习的。《讲话》的根本之点是'文艺为人民服务'的问题,这在现在更应该肯定。经过'文化大革命'的一段曲折,《讲话》依然是光彩夺目的。正像我刚刚完成的一首诗中所说的那样:'虽然是风尘仆仆,但是掩盖不了她的光辉;尽管她山回路转,依然还是宝塔山;虽然时间推移,但旧时的牡丹还是那样璀璨。'"(根据录音整理)

田间临走时对我说,他现在隐居在北京后海的一处独家小院里,要我去北京时,一定不要忘去他那里一叙。他还说,终于回了趟延安,了却了他一桩心愿,他年事已高,身体又不太好,怕是最后一次回延安了。老诗人的话不幸言中,他回去后不久,我就从报纸上看到他去世的消息。我愿意借这个机会,向诗人表示一个晚辈的崇敬和哀悼。我在主编的《新诗观止——现当代文学诗歌卷》中,评述了他的艺术实践,我认为他是伟大的抗日战争隆隆炮声直接的产儿,是时代骄子、民族诗人,中国当代文学史里应给他一席之地。

1982年"五二三"纪念日前夕,陕西组织一批新老文学艺术工作者来延安,胡采、王汶石、杜鹏程、李若冰四位老作家带队,一行百余人在延安杨家岭开了纪念大会,并去枣园、南泥湾等处与当地群众联欢。

胡采是参加延安文艺座谈会的陕西唯一健在的老人了。当年"五二三"毛泽东同志讲话之前,全体人员曾有一张合影。时值"五二三"纪念,讲解员将这张照片放大,用一个木牌,立在杨家岭那间石屋前面。胡采当时是边区文协副秘书长,兼《群众》周刊负责人,文协负责人是柯仲平,秘书长是张寒晖(著名歌曲《松花江上》的作曲者）胡采参加了会议，见到照片后。我说："胡老，你站在哪里？"抑或是谦虚，抑或是确实记不得了，胡采说，他不记得拍照这事，拍照的这一次会议，他也许没参加。说完，他随参观人流进入了石屋。我不甘心，在照片前仔细地瞅着，终于发现在一大堆人头中，有一个人颇像胡采。脸形像他，神态像他，细细的长脖子，脖子上挑着一颗小小的头。我赶紧去找胡采，胡采重新回到照片跟前，细细地辨认了半天，又辨认出了他左右站着的人，终于确定了那确实是当年的他。后来一茬一茬回延安的老同志回忆，那确实是胡采。况且，照片上所有的人后来都被回忆起来了，名字附在照片下面。胡老当时像孩子一样笑了。站在旁边的我亦十分感动。

王汶石、李若冰在延安时期曾是"西工团"的演员，20 世纪 50 年代后期，前者以《风雪之夜》，后者以《柴达木手记》驰名当代文坛。联欢会上王汶石在大家的起哄下，将延安时期演过的一个戏（《二溜子改造》）重演了一遍，博得满场掌声。李若冰善良而精细，他身上政治家与艺术家的风度并存。后来，我长期在李老手下工作。他去世后，追悼会会场两边的挽联是我写的，生平介绍则是从省委组织部调来档案撰写的。他是一个大写的人、一个贤者和圣人。而我印象最深的，恐怕要算《保卫延安》的作者杜鹏程了。杜老当年已患脑血栓，行动不便，但还是参加了所有的活动。记得上南泥湾的一个山坡时，他差点跌倒。早年超负荷的伏案劳作和"文化大革命"中的迫害，给他的身心以极大摧残。在延安的日子，他常常激动得难以自持，嘴唇发颤，手指发抖，在他面前，我强烈地感觉到了老一辈战士兼作家的气质。

1979年陕西作协恢复活动后的第一次作者座谈会上，几位老延安听说我是从延安来的，立即将我拉过来坐在他们身边，事情过去许多年了，这事儿我一直念念不忘。杜鹏程1991年冬去世，病危期间曾给我来过一封短函，勉励我努力创作。我愿借这个机会，向他表示一位晚辈的敬意。愿他安息。

1982年5月28日至30日，陈荒煤率电影"百花奖""金鸡奖"授奖大会参会人员一行来延。我对陈荒煤老慕名已久，奈何由于双奖团中有白杨、田华、王心刚、李谷一、李秀明、龚雪等名流，所以所到之处，被人围观，不能近前，而我又不习惯去凑热闹，加之"五二三"活动结束后，我陪陕西一位与石鲁齐名的画家修军去黄河壶口瀑布，因此未曾与陈荒煤谋面。我送修军到黄陵后，修军去了西安，我在黄陵宾馆等着，看能不能见到陈荒煤，后来听说，大队人马从壶口那里回北京去了。

是年9月30日，葛洛、韦君宜率华北、西北地区中青年作家来延参观学习。葛洛是河南洛阳人，那一年62岁。他1938年经八路军西安办事处介绍来延，抗大毕业后，任鲁艺助教，在下农村体验生活期间，曾先后兼任碾庄乡、桥儿沟乡副乡长。1945年，随解放军大部队离开延安。这个团队里还有铁凝女士。那时她多么年轻呀！乌黑的头发、明亮的乌黑的眸子，一个人安静地坐在会场一个角落。我后来有一次跟她说起这事，铁凝说，这是她一贯的风格。

工作之余,葛洛重返了碾庄和桥儿沟。碾庄葛洛当年的老房东已经去世,他与房东的儿子一起畅谈,回忆旧事。这个房东,当年或许还是他解放区小说《卫生组长》中的原型吧。在桥儿沟,最使葛洛激动的是在一架山坡上找到了当年他在鲁艺结婚时住过的土窑洞。他说:"找到这里好似当了第二次新郎!"葛洛的人缘极好,在碾庄、桥儿沟,还有不少老人认得这位当年的老乡长,故人相见,即情即景最为热闹。

"千声万声呼唤你,母亲延安就在这里!"是年11月23日至25日,著名诗人贺敬之回延安。这是诗人继1956年全国青年造林大会那次回延安,并写出那首脍炙人口的《回延安》以后,第二次回来。诗人是年58岁。那天,陕北高原降了一场薄雪,诗人参观了枣园、杨家岭、桥儿沟等革命纪念地,并且登了一次清凉山。登山时,吟诗一首,诗云:"我心久印月,万里千回肠。劫后定痂水,一饮更清凉。"延安文学艺术界为诗人的到来举行了一次座谈会。会上,一位业余作者朗诵了诗人的《回延安》,纪念馆一位讲解员唱了诗人作词、马可谱曲的《南泥湾》,唱到情深处,贺敬之掏出手绢,拭起泪来。

薄雪初晴,我和陕报记者、评论家肖云儒,陪诗人上了一趟宝塔山,诗人穿一件旧了的黄布大衣,蹬一双平底鞋,居延安多年,我竟不知道宝塔还可以上去。诗人说可以上去。于是,我在前面牵着他的手,顺着宝塔里边狭窄陡峭的台阶,上到了第二层的瞭望口。本来还可以上到最高层，我怕他有个闪失，拦腰抱住了他。站在这里，三山交会二水分流的延安城尽收眼底。诗人说宝塔南边的那条小沟里，当年有一个日本工农学校，我茫然不知，只好贸然搪塞。诗人说，确实是有的，日本轰炸延安时，被炸成废墟了，大约这个日本工农学校，和诗人曾有过感情上的关系，因此他说到这里时，面色严峻，久久地没有说话。后来他又说，鲁艺有一架钢琴，冼星海的《黄河大合唱》就是在这架钢琴上弹出来的，1947年撤退时，行军途中，将钢琴拆成零件埋了起来，那架钢琴是一件珍贵的文物，如果能找到它，会是一件教育后代的活教材。后来，延安有关方面曾多方查找，钢琴至今仍泥牛入海，杳无下落。诗人走后，我在《延安报》发表了专访《双手搂定宝塔山》。

诗人贺敬之，大约1985年还回过一次延安。我将自己的采访日记翻了翻，可惜平常丢三落四的，没有找到那个时期的采访本。

附带说一句，与贺敬之齐名的另一位杰出诗人，才华横溢的郭小川，七十年代初曾回过一趟延安，有他《郭小川诗选》扉页的那张照片为证。那时我正在"白房子"服兵役，无缘拜识，可是我的朋友、延安诗人原上草却有缘与他邂逅。原上草当时正在清凉山下面，延河桥旁边的一家小饭馆吃饭，郭小川风尘仆仆，登清凉山下来，也到这家饭馆，并且坐在了一个桌子上。原上草是诗人郭小川最热烈的毫无保留的崇拜者，他可以将郭小川所有的诗作倒背如流。原上草是个见面熟，他不知怎么打问出了眼前这些忧郁的人就是郭小川，于是，惊喜的状况我们是可以相见的。除了表示久仰的心情外,他大约开始背诵起诸如"亲爱的人呀,你既然爱我,但是,爱难道就意味着一定要占有",诸如"世界上有些秘密本来就不该说穿"之类的名句。我想在那个严寒的日子里,贫病交加的诗人,他一定会深深地感动并有一丝安慰的——他的作品是如此地深入民间。我也是郭小川的热烈的崇拜者,郭小川去世十周年时,我曾在《西安晚报》上发了一篇《郭小川十年祭》,随后将晚报寄给他的夫人杜蕙。

蔡其矫是 1938 年到延安的,在鲁艺任教,大约是 1938 年底,又随部队下太行山了。他与延安匆匆一见,又顺着当年南下的路,经延川黄河延水关渡口走了。此行他留下了一首名为《过延川》的诗,写得漂亮极了,诗中有一句:"漂泊的灵魂,永远寻求陌生的地方。"哦,我是见过他的,在座谈会上,只是那样的场合,没有深谈而已。记得他身体强健,穿一件运动服,像个运动员一样,一点不显老。

杨沫因为《青春之歌》,成为家喻户晓的作家。更兼她和白杨是姊妹,因此上次没见过白杨的人,这次都来看她。杨沫参观了革命旧居,上了清凉山,所到之处,均受到十分隆重热烈的欢迎。作家和延安文艺界,举行了几次座谈会。记得我采访她时,面对面相坐,膝盖抵着膝盖,突然她一个大喷嚏,头一钩,假发掉了下来。而她,像个没事人一样,两手一张,搂住头套,又扣回头上。因此这件事给我留下了很深刻的印象。

1984 年 3 月 8 日,杨植霖取道庆阳,回到延安。杨曾是职务很高的地方领导,因为《王若飞在狱中》一书,留下文名。我陪杨老四处参观,很是忙碌了一阵。最感人的是在蓝家坪,寻找他旧居的情况。大约是1942年,当时他是内蒙古的领导之一,中央调他来党校高干二部学习。他在一座荒凉的山坡上,找到了一孔半是坍塌的窑洞。他说上党校时,他就住在这里,他的隔壁住的是丁玲和叶群。叶群当时好像还没有和林彪结婚。他说,丁玲为人直爽,是个女中丈夫,那年三八节,他和丁玲站在这座山坡前,远远地看见一个背着三八大盖的人过来了,这时丁玲抓住他一个胳膊,手有些发抖。丁玲对他说,她平日最忌讳三八这两个字,一见背三八大盖的就发怵。

杨植霖很高,大约一米八三,穿一件黑呢子大衣,毛围巾平展展地交叉裹在胸前。他是汉族,大约是在土默川出生的缘故,他的气质中有一种蒙古族朋友那种真诚而豪迈的东西。杨植霖回甘肃后,将他与人合著的诗集《青山儿女》寄给我。

杨植霖老人此行,还有一个目的,就是倡导成立中华诗词学会。他在延安联络了黑振东,西安联络了杨鸿章、霍松林,内蒙古联络了布赫,北京联络了楚图南、周谷城。中华诗词学会于1987年端午节在北京成立。我参加了成立大会。

1984年5月7日至10日,时值《讲话》发表42周年,方纪、草明、曾克、金紫光、何洛、李琦、刘芳、岳松、路明远、贺敬之、刘烽、韩维琴、曼玲、王颖等一行老延安,由中国文联组织,回到延安。

方纪半身不遂，坐在轮椅上，由他的儿子方大明推着。据说他在"文化大革命"时期受到过极大的迫害，历时十年之久。他的神智大约也有些不太清楚，在参观王家坪纪念馆时，看见玻璃橱柜里陈列的纺车，他一下子激动得快要从轮椅上跳了下来，他说这纺车是他的，是他大生产时用过的。我们怕他失手砸坏了玻璃，只得赶快离开这里。纪念馆墙壁上陈列着那些首长检阅时的照片，他突然一挺胸膛要站起来，向首长敬礼。大家赶忙拦住他，说这是照片，不是真人，可他还是要敬礼，于是只好由他了。他坐在轮椅上，大约是向彭德怀将军或者陈赓将军庄严地行了一个军礼，这一场风波才算平息。不过在我采访他时，他的神志很清楚，他能记得起早年那些事情的细枝末节，我问他著名散文《挥手之间》的写作经过时，他说，当年毛泽东同志去重庆谈判，延安东关旧飞机场上，他也是欢送人群中的一个，目睹了毛主席登上飞机的情景。那时，他像所有的在延安的人一样，为毛主席的安全担心。后来延安的《解放日报》发表了毛主席走下飞机时挥动帽子的那个特写镜头。那是历史的一瞬间，对着这张照片，他觉得他想要创作的这篇散文（或者叫"特写"——方纪语）有了标题和主题，这就是《挥手之间》的创作经过。方纪的右半边身子不能动，他用左手写毛笔字，书法苍劲有力，写完字后，落款上还要写上"方纪左手"几个字。

　　草明一头银发，剪得很短很整齐。她有着那些功成名就的作家所拥有的沉静泰安的情绪。年轻时候的她大约也是这么干净利索和漂亮，一副南国女儿的样子。我和草明有几次详谈，主要是采访延安文艺座谈会的情况。草明告诉我,从1942年二三月开始,毛泽东同志就筹划着这个会了,只是当时他们不知道。毛泽东先后约欧阳山和她到他的住处详谈三次,询问一些文艺规律问题和当时文艺界的情况。等到会议开始时,他们才知道主席的本意。她说,会议大约是从5月的10号开始的,断断续续,开到了23号,毛主席一共来了三次,参加大家的讨论、做讲话。会议之后,在《讲话》精神鼓舞下,许多艺术家就纷纷深入农村和部队收集素材,进行创作去了。草明还向我介绍了她创作中国无产阶级文学第一部工业题材的长篇文学《原动力》,以及《火车头》的情况。采访她时,她的秘书李珊莉给我茶杯里只放了几根茶叶,爱喝浓茶的我,喝茶时不住地瞅茶叶筒。

曾克和草明正相反,留着一头乌黑的短发。她的性格显得沉郁一些。她是当年在重庆时,在邓颖超大姐身边工作一段时间后,由邓大姐介绍来延安的。在看座谈会那张照片时,她对我说,她的那种头型是邓大姐叫留的。来延安前,她欲将头型改成当时革命队伍中那种流行的短帽盖,邓大姐说,这种头型也挺漂亮的,革命主要是行动,发型倒在其次,于是她就带着这种头型来到延安。大约是性格相投,我和曾克老师很谈得来,我约她为我主持的《杨家岭》副刊写点稿,随便写,谈谈回延安的感想也行。曾克愉快地答应了。稿子后来没有寄来,这责任主要在我,曾克一行临走时,延安地委设宴款待,我在另一桌,本来我走时应该再叮嘱一句,可是看到他们这个桌子还在交杯举盏,就悄悄地退了出来,没去打搅。

后来我在《延安报》上，为以上三位作家各写了一篇专访。

那天陪三位和金紫光先去了枣园，从枣园下来，他们要去蓝家坪中央党校高干二部旧址，去寻各人当年的旧居。天气实在炎热，我托故没有上山，而是和小李一起先到了杨家岭。我们在杨家岭那口井旁等了很久，四位老人才风尘仆仆地从蓝家坪来到这里。那张合影照还在那里，我指给他们看。草明首先在前排找到了自己，她的面孔和当年照片里一模一样，头型也一模一样，只是青丝变成白发。接着，曾克也找到了自己，她当年的神态和现在也是一模一样，好像岁月在脸上没有留下任何痕迹一样，前面的人个子矮一点，因此照片上曾克也很醒目。方纪在方大明的帮助下也找到了自己，大约他家里也有这么一张照片。三个人像孩子一样笑着，眼泪涌了出来，当年延安时期那圣洁的阳光在这一刻重新照在他们脸上。只有金紫光没有找到自己，他很沮丧。他大骂当时的摄影师。草明告诉他，这是5月23日，会议结束那一天照的，大约是当天会议开始时照的，因为会议结束得很晚，记得已经薄暮初降了，他要金老好好回忆，金紫光后来还是回忆不起来，只好说："那时，我大约已随部队离开了延安了。"根据现在纪念馆工作人员整理的名单，有金紫光，不知道金老知道了没有。

这次"五二三"聚会，还发生了一件大事。著名歌曲《松花江上》的曲作者张寒晖的尸骸找到了。张寒晖死于1946年，埋在边区文协头顶的文化山上，还立了一块墓碑。后来胡宗南进攻延安时，墓碑被毁，墓茔也找不到了。张寒晖夫人刘芳，这次特请了十几位当年抬过棺材的人，如路明远等，一起来到文化山上，口中念叨着柯仲平老的"文化山上葬寒晖，一把土来一把泪"的诗句满坡寻找，大家中有人说，他抬到这里时歇了一歇，又有人说，他抬到那里时换了换肩，终于，他们证明了与延安宝塔呈等高线，据宝塔西约500米的一个小土包，即张寒晖墓茔。大家在一张纸上签了名，我则以延安日报社记者身份，也签了名，署名见证人高建群。刘芳将这张纸装进一个塑料袋，埋在地下，又用一块石头压住。第二年"五二三"纪念日，张寒晖墓被搬迁到李家洼四八烈士陵园内。

到了是年7月23日，著名作家康濯回延。也是一种缘分吧，在延安为康等一行放映电影《延安生活散记》时，我恰好和他成为邻座。康濯极高极瘦，和胡采一样，也是细长的脖子上擎一颗小小的头。他言谈举止，有一种内在的风度，这是经历过许多的人才可能具有的，我和他进行了长时间的交谈。那时我正处在创作的苦闷期，我向这位老作家请教了许多关于艺术的问题，我们一见如故，一直谈到电影散了，约好第二次再谈。康老告诉我，不要急，艺术靠的是一种韧性，只要努力，时间会完成这一切的。他还说，这块土地有理由出几个像样的作家。第二天采访结束后，他将自己写的一首《七律·返延安》亲手抄在我的笔记本上，诗如下："不尽风云又返延，重温四十五年前。"窑洞火炬辉天外，塔影华姿耀远天。耕战整风埋旧域，工农科艺建伊甸。容颜全改情尤炽，圣地精神代代鲜。1984年7月24日参观后，康濯离开延安，是年8月，他将他的长篇《水滴石穿》寄给我。1987年，我的一个中篇在《中国作家》发表后，康老来信祝贺，勉励我努力写作。后来我听说康濯负责鲁迅文学院，曾去信询问，康老来信说，那是别人的意思，他要抓住晚年有限的一点时间，写点东西，不会再干这种社会工作了。再后来，得知康老去世的消息，我很震惊，也很悲痛，曾经想提笔写一点东西纪念他，千言万语，竟不知如何说起，借上边的一段文字，权当是献给他的一个花环吧。

是年10月19日，《三家村夜话》的作者之一，廖沫沙回延安。廖老为延安老诗人，地委顾问黑振东题"延安遇故知"的条幅，黑老以七律一首作答。诗云："正是秋高气爽时，圣地有幸遇知音。凛凛正气逐鬼蜮，灼灼文章荡乌云。千秋功过无须说，一场是非自有评。劝君更尽一杯酒，千里归来有故人。"

1985年4月5日，时值清明，著名女作家丁玲与丈夫陈明，自金锁关登上陕北高原，一路浩荡而来，先在桥山拜谒了轩辕黄帝陵，继而到达延安。在延安几日，参观了革命旧址，去延安大学为学生做了场报告，然后直达当年的红都保安。丁玲虽然头上已经是银丝累累，但激情还似当年，穿了一件颜色有些华丽的外衣，戴了一副红色太阳镜。在延安，当代文人中，丁玲最为有名，据说当年延河篝火之夜，那些青年跳的一种舞蹈，就叫"丁玲舞"，而丁玲的那些"文将军、武秀才"或虚或实的传说，亦有很多。除红军长征过来的人以外，丁玲大约是来陕北苏区的第一位文人，早在红军还没有进驻延安城，而在被誉为红都的保安时，丁玲就来了。正是在保安，她在毛泽东的提议下，组织成立了当时第一个延安时期的文学艺术团体"中国文艺抗战协会"（简称"文抗"）。

在延安大学做报告时，丁玲说一句，黑老用他的大嗓门当扩音器，重复一句。延安几日中，丁玲除参观革命旧址外，还专门到她当年主持《解放日报》副刊的地方——清凉山去寻找旧居。在登清凉山时，黑振东即兴吟成《致丁玲同志一首》，诗云："适逢清明二月天，文坛女神回延安。历尽世间风霜苦，当念陕北米酒甜。宝塔山下'丁玲舞'，桑干河上歌咏言。八十重返旧游地，人生何须记流年。"丁玲当时听着这首诗百感交集。

丁玲回京后不到一年，就去世了。我曾致唁电，表示哀悼。唁电中称女作家为"文坛女神，一代风流"。唁电并以延安报社名义，发在《延安报》上。事后，丁玲治丧委员会曾回函感谢。

那以后，为筹建延安文艺之家的事，两位中国文联、中国作协领导，曾先后来延安。一个是延泽民，一个是张锲。延泽民是陕北人，资深的革命家，并以长篇《无定河边》等留下文名。延老大约来过三次，为延安文艺之家去四处奔走。作家张锲老师是第一次来延安，在延安察看了基地情况，约见了延安的一些作者，并和文艺界座谈。这是一位慷慨爽朗、古道热肠的安徽人，很重感情，对年轻作家很是关心和爱护。我和延安作家银笙在宾馆拜访了他，并且将我刚出的诗集和散文集送他，请他指正。后来，在我坎坷的创作道路上，张锲老师多次给予重要意义的关照和支持。这是后话。延安文艺之家在中国文联和中国作协以及当地政府的支持下，投资

200万元，终于建成。1989年7月，我去延安地区文联主持工作时，开始营业。

1983年5月和1988年10月，当代著名音乐家吕骥，曾两度回延安。他也是老延安了，曾担任过鲁艺音乐系主任。吕骥是一个保养得很好的小老头，上万花山时疾步如飞，连年轻人都赶不上他，当时已80多岁的高龄了，令人惊异。

时间记不确切，大约是1986年到1988年，我们还接待了女作家李建彤，李建彤是著名陕北红军早期领导人、红军领袖人物刘志丹将军的弟媳妇，故可以说是陕北的媳妇。因此我的采访无拘无束。作家很健谈，说起话来滔滔不绝，有一种唇枪舌剑的感觉。李建彤受过许多磨难，而精神、气质以至于手中的笔仍旧如此犀利，这令人赞叹。记得我当时以四个"自"来概括对她的总体印象：自信、自负、自强不息、自我感觉良好。李建彤也是老延安，她谈到她初到延安时，正赶上刘志丹将军墓从瓦窑堡向保安搬迁，在哀乐声中，在送行的人群中，也有当时才十七八岁的她。作家说她当时正是满怀美丽的梦想，对英雄极为崇拜的年纪，因此这一刻立下一生的宏愿，将来写一本关于刘志丹的书。我问作家，是出于一种对刘志丹的感情，才爱上他的弟弟刘景范的；还是因为和刘景范成为夫妻，有了亲缘上的关系，从而对英雄更加崇拜，萌发出写书的念头的。对于这个问题，李建彤思索了一下，然后机智地回答："也许二者兼而有之吧。"

我发表在《延安报》上李建彤专访文章，标题叫《李建彤铁笔写陕甘》。

这期间，著名曲艺家陶钝曾来延安。陶老是第一次来延安，但是是一个老资格，30年代在他的家乡山东曾拉过一支队伍，后来这支队伍成为八路军的一部分。他1901年出生，按他的话说，是世纪同龄人。在延安宾馆，他和给毛主席说过书的著名艺人韩起祥见面。他俩一个是中国曲协的主席，一个是名誉主席，我和友人、作家刘阳河以"两位曲艺界巨擘的一次握手"为题，做过报道。我这个人嗜烟如命，采访时自然抽起了烟，陶钝老挥手制止我，这使我很尴尬，赶紧将烟头熄灭。谁知采访途中，陶钝老又伸手要烟，我好久才明白了他的意思。既然他抽，于是我就不客气，也又抽起来。这件事我至今还弄不明白其中的道理。韩起祥老1989年冬去世，葬礼在延安二道街老人的家中举行，我给致的悼词。

作家鲍昌1986年12月，在西安参加完陕西青年作家会议后，曾来延安。鲍昌此行，是为他的长卷《庚子风云》收集素材，他主要想了解一下，庚子年间西北地区哥老会以及三边教案的一些情况。鲍昌在延安逗留期间，参加了延安作家的一个范围不大的座谈会，鲍昌讲了话。他穿一件比大衣短些比上衣长些的灰色棉衣，戴顶鸭舌帽，脖子上围着一个半旧的围巾，是一个很朴实的和很务实的人。我谨对他的英年早逝，表示哀悼之意。

前面提到草明时，曾带出欧阳山。欧阳山大约在1977年回过一次延安。八十年代，多次传言他要来，但终究没有来。不过有一件有趣的事儿，值得一提。欧阳山在延安时期的著名作品，解放区文学的重要收获之一《高干大》，八十年代曾由一位日本业余女翻译家多田正子，将它译成日文出版。这位女士为翻译此书，与欧阳山曾30多次信件来往，与延安方面信件来往更是频繁。其中原因，主要是书中一些陕北土语，使她犯难。1981年，她还亲自来延安一次。高干大的原型，原南区供销社主任刘建章已故，多田正子主要与原副书记王旭明联系，王旭明的儿子则充当陪同。也许是爱屋及乌，这位女士遂与王的儿子在来往中产生了感情，最后书成以后，提出要嫁给他，或者王去日本，或者她来中国。王是一个纯粹的陕北人，他被这件事吓坏了。应邀去了一趟日本后，回来再不提这事。这样结局便没有一点浪漫气氛了，两个人仍在各自的国度里，仍旧是鳏夫寡妇。

这里再说一下德高望重的周扬。周扬1987年、1988年"五二三"纪念日期间，曾几次捎话，要回延安。这事引起了延安方面的极大重视，为筹备周扬回延安，有关部门专门从延安陶瓷厂手中，将鲁艺旧址，位于桥儿沟的那个天主教堂收了回来，并做了修缮，迎候他的到来。周扬的大儿子，恢复后的鲁院首任常务副院长周艾若，就出生在桥儿沟半山一孔窑洞里。周扬老终于因为疾病的原因未能成行，令人遗憾。周扬去世后，延安各界，都纷纷唁电，予以哀悼，我亦代表延安地区文联，并以个人的名义，向这位文艺界的泰山北斗，唁电垂泪遥祭。那几天，延安的天气一直阴沉沉的，我的心情也是如此。

1990年"五二三"期间，毛泽东文艺思想研究会1990年年

其咒語曰：去吧，去吧，到彼岸去吧，大家快去彼岸修成正果。《心經》白話文全譯。高建君壬寅歲正月十九西安

会在延安大学召开，著名作家、学者，《中国人民解放军进行曲》的词作者公木回延安，我因当时正在接待由陕西省委宣传部部长王巨才带领的陕西作家艺术家赴延参观访问团，故没有见到他。

1991年8月期间，毛泽东的儿媳妇、作家邵华来延安。邵华高高的个头，气质很好，在座谈会上，延安人民对毛泽东的感情令她十分感动。她还详细地询问了毛岸英在枣园，按照父亲所说的"补上生活这一课"的种种情形。邵华随行的有北京一家出版社的总编辑，他们是从韶山赶到延安的。

1991年11月，文艺界一位德高望重的老前辈、著名文学评论家冯牧，在西安开完会后，由《陕西日报》总编辑骞国政陪同重回延安。冯牧是一个在延安整整生活了八年的老延安，在此之前，我们竟然茫然不知。冯牧1938年到延安，先在抗大，继而在鲁艺文学院学习。毕业后，曾在《解放日报》担任文艺编辑，后调往部队，随三五九旅在南泥湾担任随军记者，后来的许多著名作家，当时似乎都是走的这个随军记者的路，例如郭小川、闻捷、杜鹏程等。1945年，冯牧随大军南下，离开延安。

冯牧在延安停留三天。在延安期间，由我的朋友、作家银笙陪同参观了枣园、杨家岭革命旧址，去清凉山解放日报社旧址，去桥儿沟鲁艺旧址，去南泥湾三五九旅昔日营地，凭吊旧人旧事，寻找当年的足迹。其间许多感人场面，银笙同志在《延安报》有专访刊出。

在延期间，冯牧还视察了延安文艺之家。当年延安文艺之家筹建时,曾得到冯牧的极力支持。在延安文艺之家,由我做主持,冯牧与延安文学界、评论界见面,并即席做了报告。在报告中,他系统地、满怀感情地回忆了自己成为一个革命的文艺家的成长道路,并对延安的作家,提出了殷切的希望。他说,希望这块土地上有史诗般的作品问世,延安有责任、有条件和应该出这一类作品的。后来,在给《延安文学》的题词中,他又一次表达了这一期望。他还说,他遗憾的是那个波澜壮阔的延安时期,至今还没有一部鸿篇巨制加以表现,这使他遗憾和不解。

辉煌灿烂的延安时期,风云际会,群星灿烂,大家辈出,这个高原小城呈现出一时之盛。延安的杨家岭,那个不起眼的小山沟,因了延安文艺座谈会在这里召开,它便成了一个标志,一个凝结感情的丰碑,一个时代象征物,一个令所有当事者和后来者都不能不在此整冠浴手、肃然起敬的地方。

谢觉哉夫人1981年2月回延安,曾涕零曰:"日照延安景常在,一代风流何时还?"

阎纲说,他"文化大革命"时期曾和郭小川关在一个牛棚里。他说小川真诚、善良、才华横溢。这是过来人的评价,可信。

郭小川夫人我也认识。名叫杜蕙。有一年在京,我和他们全家一起吃过饭。大女儿叫郭岭梅(郭小川《谈诗》就是写给梅梅的信整理而成);二儿子叫郭小林,诗人,我的好朋友,小女儿郭小梅。

周扬老去世后,他的长子周艾若曾来西安。我本来想陪艾若老去延安，奈何他也年事已高，未能成行。于是作为弥补，在西安的荞麦园吃了顿陕北饭。席间还请王向荣来唱陕北民歌。艾若老激动极了，他后来把王向荣和他的弟子们，邀请到凤凰卫视做了一期节目。饭局到了晚上11点。走时，荞麦园老板还给老人拿了两个陕北老南瓜。艾若老人回到北京后给我写信说，到了这个年龄，能叫人激动的事情已经不多了，这次是真的很激动。

周立波，《暴风骤雨》《山乡巨变》的作者，延安时期任鲁艺文学系主任。他和周扬论宗族辈份算是叔侄。

才华横溢的郭小川，抗大学习结束后，曾担任三五九旅战地记者、王震秘书，后去中共中央机关报清凉山《群众日报》，协助丁玲主持该报副刊。郭的夫人杜蕙，大女郭岭梅、二子郭小林、小女郭小梅，我都熟。蔡若虹时任鲁艺系主任，我也采访过他。他的女儿叫蔡晓晴，是电视剧《水浒》《三国演义》的导演之一。蔡晓晴的女儿，则是我的电视剧《盘龙卧虎高山顶》的导演之一，另一位导演是执导《大秦帝国》的延艺。康濯16岁时赴延安入鲁艺，被称为神童。他的姑夫是文学系主任周立波。康濯老人对我说，"文化大革命"后恢复鲁艺，他们要他去主持。他说："免了，我，就住长沙，你们有事来长沙给我汇报。"

李若冰在鲁艺学习结束后，去中宣部，担任中宣部部长陈伯达的秘书兼秘书科科长。杜鹏程在抗大学习结束后，去三五九旅担任随军记者，后随军进疆，采访途中写出《保卫延安》初稿。柳青去吴堡老家担任乡文书，写出《铜墙铁壁》。闻捷、钟灵在延长黑家堡下乡。大诗人闻捷在黑家堡与女房东相处甚好，离开时女房东用牛笼嘴装了个老母鸡，送行到 30 里外的甘谷驿。李季则去三边一个叫死羊湾的村子小学教书。陕甘宁边区文协主席柯仲平，到西安后，先任西北作协副主席，后接替马健翎担任主席。

田间向我讲了延安街头诗的情况。陈学昭向我讲了她从南洋回国赴延安，以及创作《工作着是美丽的》的情况。刘炽向我讲了将变工队唱的白马调改成《东方红》的情况，以及后来将一支陕北曲牌改成哀乐的情况。另外，关于刘芳寻找丈夫（著名歌曲《松花江上》曲作者张寒晖）墓的事，关于贺敬之谈的许多事，曾克谈的许多事，方纪谈的许多事，李建彤谈的许多事，等等，有时间再说。

那张杨家岭合照正是草明从家中翻出，献给延安用以纪念的。葛洛向我谈了《白毛女》第一次彩排的情况，他当时去桥儿沟当乡长。《白毛女》彩排出来后，鲁院要葛乡长给桥儿沟路边搭个戏台，他们演出。演出结束后，老乡们评价说，许多台词文绉绉的，完全是知识分子语言，老百姓听不懂不解馋。这样剧组压着改了一回再演，再改台词。反复了三次，才基本定稿。

翻开我的杨家岭采访本，拉拉杂杂地记下这些。文章中提到的那些老人，大部分已经过世了。而那个令人心潮澎湃的时代，正在日渐遥远。而我，也有一把年纪了。因此，我想，将这些记录下来，也是我的一种责任。

当写完以上文字时。我的脑子里固执地回旋着"五月的鲜花开遍了原野，鲜花掩盖了志士的鲜血。为了挽救这垂危的民族，他们曾顽强地抗战不歇"这首抗战老歌。你们——光荣而豪迈的老延安们,你们与延安杨家岭同在!你们与人类文明进程中的那个"经典时间"同在!我因此而双目潮湿。

2022 年 5 月于西安

陕北论

北方有一块高原，汹涌的黄河将其分裂为二。靠南边的一块，习惯上被称为陕北高原。在此之前，黄河是青色或者灰色的，它70%的泥沙来自这里。黄河因此而被称为黄河，并作为我们这个黄皮肤民族的象征，出现在故事中、传说中、浪漫诗人的吟唱中和悲壮歌曲中。黄河那激情的水流从这里奔突而下，将它的黄色染色体染向所有路经的地方，以及达到遥远的海洋，和海浪拍击着的他洲的堤岸。

黄土囤积，形成这黄色高原。天雨割裂，造就这破碎泥土。死死生生，悲悲欢欢，人类在陕北高原这块不平整的土地上，业已耕种和行走了许多年。贫苦和闭塞，派生出中华儿女这刁蛮、勇敢和行侠好义的一群。米脂李自成的胆识，延安张献忠的好勇，宜川罗汝才的诡秘，保安刘志丹的深明大义，安定谢子长的拔刀相向，每每给中国这部喧喧嚣嚣的历史，增加奇异的几笔亮色。而星星点点散播于高原上的历史陈迹，黄帝陵、扶苏陵、蒙恬陵、隋炀帝美水泉、鄜州羌村、赫连台、镇北台，诸如此等，又每每令今日的旅行者驻足长叹，唏嘘不已。

陕北这个地域概念的形成，大约在宋。宋时，延安的最高军事行政长官范仲淹，尚称此处为"塞下"，并发出"塞下秋来风景异"的感慨。在此之前，时人的心目中，九燕山北，今天的大半个陕北，以至朔方，以至内蒙古鄂尔多斯高原，极目远眺的地方，还是一片混淆不清的疆土，一片散发着羊膻味的躁动不安的土地。尽管秦始皇的帝王之辇，曾从秦直道上辚辚驶过；尽管汉武帝的金戈铁马，曾踩得贺兰山的积雪吱吱作响；尽管昭君墓、扶苏陵、蒙恬陵作为一个个历史标志，生根似的长驻此处；但是人们记忆最深处的，也许是飘忽不定、骁勇好战的匈奴骑射；是站在统万城头，口出狂言、目空天下的大夏王赫连勃勃；是踩着积雪，顺着宁塞川滚滚而来的西夏方阵。每有朝中命官，为皇室所不悦，或是文臣武将，为世俗所不容，便被发配到这里，对着无定河弹起思乡曲。高原名城榆林，相传就是为一群发配到这里的官吏与囚犯所筑，现在榆林城中，尚有许多四合院，或许可为他们的祖籍找到一点端倪。

翻翻史书，到了明代，陕北这个地域概念便越来越多地为人应用，尤其是斯巴达克式的悲剧英雄李自成，纵横中原，使陕北这块黄土地蒙上一层叛逆者与抗争者的奇异色彩。目下的陕北，东与山西隔黄河相望，西接古朔方，北抵鄂尔多斯高原，南连关中。无定河与延河，构成流经陕北境内的两大水系。延安与榆林，成为这块闭塞土地上的两个中心。数百万高原人逐水而居，过着清心寡欲的日子。

陕北人以女子多有丽质为傲。吃酸白菜，喝小米汤，却养得一个个雍容华贵；穿大襟袄，扎红腰带，出脱得却貌似出水芙蓉。美貌便美貌罢，陕北人却说，这是传统，每有人会以惆怅的口吻，拉出昔日的貂蝉和今日的兰花花、李香香，来证明这久远的美貌传统，有人却又做琐碎考证，说这是民族交融的结果，当年匈奴所掳来的南方美人，囤积"吴儿堡"，与粗犷的北方大汉结合，便繁衍下这优异的一支。联想到陕北的种种历史变迁，这话似乎不无道理。

骄傲者除女子之外，尚有男人。貂蝉故里在米脂，吕布故里在绥德，所以陕北有"米脂婆姨绥德汉"之说。高颧骨、直鼻梁、浓眉毛、长腮帮是陕北男子汉的特点，在如此苦焦的地方，靠双肩承担起生活的重负，陕北的男人们可谓坚强矣。然而这用力却不表现在脸上。在中国的土地上，我还没有见过如此逍遥和自在的人群。盘腿坐在驴车上，车里装满神府或者瓦窑堡石炭，顺着无定河川道缓缓而下，嘴里哼着酸曲，让心闲着，却不让嘴闲着。满脸黑灰的行乞者，不知今日餐食在何处，不知今夜宿在哪方，却脖子上挂一杆唢呐，一路吹吹打打而来。行乞在陕北某些地方成为一种积习，即便家里大囤满小囤流，秋庄稼一旦登场，还是要辞别家小，走趟南路。或有好事者问其缘故，答之曰："不出去转转，心里闷得慌！"也许，是那游牧民族的血液还在身上澎湃，虽然已经没有金戈铁马为伴了，但在那一年一度的无羁的行旅中，在唢呐的狂想曲中，心灵得到了某种满足。

男人之外，骄傲者还有小孩。陕北地面，以九燕山为界，分成南北两部分。北部风俗，正如笔者前文所述，南部风俗，却酷似关中。女人穿花棉袄，男人着黑裤褂，乡村学究言谈必引经据典，红男绿女成亲必媒妁之言。吃饭以面食为主，说话以秦腔为主，殷实人家，也许有个唐宋时期的瓦罐；贫寒人家，或可有件明清年间的旧物。老者多为头戴瓜皮帽的一生足不出地界的遗老遗少，少者多为精细乖巧之至的村野能工巧匠。正是在这块地面，生出个叫甘罗的孩童，12岁时为秦之宰相，其墓葬据说还在洛川县境。惹得洛川的乡人们，每每思古，唱出几句"甘罗十二为秦相"的走了调的秦腔来。

小孩之外，让陕北人骄傲者，还有老者。煌煌陕北大地，笔者靠工作之便，到过许多去处，见过许多奇事。最奇者，莫过于在一个荒山野村，突遇一位奇人。老红军、老八路、老革命、老功臣，或因伤，或因病，或因厌倦了时间的约束，或因感觉了田园的荒芜，于是解甲归田，藏龙虎之身于草莽之间。

靠一种盲目的自信和一种莫名其妙的骄傲感，陕北人撑起这一片贫瘠而昏黄的天，并且随时准备为他人遮风挡雨。谁能理解陕北人那种心理的隐秘部分呢？如果现在还有行乞者，那么，他腹中空空地站在一家门口时,他第一件事是伸手求乞,第二件事是伸长耳朵睁大眼睛,听听看看收音机或电视里有些什么,布什和杜卡基斯的竞选,布托夫人和阿基诺夫人的风度,这些话题也许将出现在他漫长道路的思考中,出现在他家的热炕头上。

从远古走来,没有颓唐,没有怨尤,在这块贫瘠的土地上,深深扎根,顽强生长。一窝窝地生,一群一群地死,健壮者活下来,孱弱者拿去肥土。毛驴的每一次披红挂绿就是向残酷的大自然的一次无声挑战,窑洞的每一次明灭都在重复着生命的故事。父亲60岁生日那天,必定要领着儿子,踏上马茹子花盛开的通往祖坟的道路,让头皮叩着地皮,声响传给三尺地表下的家族的昨日。孩子出生那天,干大必定要送给他一件石锁,石锁一岁加一道麻绳,以便将他牢牢地拴在这块生身热土上。

悠悠万事,在陕北,唯以生殖与生存为第一要旨。尽管这生存不啻是一种悲哀和一场痛苦,但是仍旧代代相续而生生不息。人类辉煌的业绩之一,恐怕就在于没有令自己在颠沛流离中泯灭。陕北的大文化,有人称之为"性文化",有人名之为"宗教文化",这些当然都对。但以笔者管见,性文化也好,宗教文化也好,落根都在这"生存文化"上。那一年,我陪中央电视台某摄制组,去民歌之乡、腰鼓之乡、剪纸之乡、农民画之乡的安塞,造访一位叫白凤兰的剪纸艺术家。拍摄途中,她拿出一幅画,令四座惊骇不已。

如果有一天,这世界因为天灾人祸,只剩下一男一女了,而且这一男一女是兄妹,那么,他们应该怎么办?"他们应该结婚!"这位农村老太婆，郑重其事地这样告诉我们。在她眼里，一切人类的理性思考和煞费苦心经营起来的道德秩序，在非常时期，都必须让位于生存。生存才是第一的。她拿出她画的一幅画。世界只剩下兄妹二人了，一种超自然的力量对他们说："结婚吧，为了让世界上继续有人类！"他们很害羞，不愿意这样做。于是，这个超自然的力量说："既然如此，那你们听从天意吧，请你们将阴阳两块碇扇，向山下滚去，如果碇扇重合，你们可以结婚，如果碇扇没有重合，那就是人类当灭了。"两块碇扇向山下滚，滚到山脚后，令人惊诧地合在了一起。于是，世界上人类得以存在下来，歌声和鲜花也存在下来。老太婆讲得很认真、很神圣，她的眼中，放出一种神秘和童真的目光混合在一起的奇异色彩。老人的这幅画将出现在中央电视台新近拍摄的一部叫《中国人》的电视片中。老人居住在一处山坡上，整面山坡居住的都是她的家族，沟底是一条时断时续的小溪。记得，当时，望着这面山坡，我直疑心，石碇子就是从这坡上滚下来的。

西北风像一个阴沉着脸的陕北汉子，正在猛烈地、凶狠地冲击着艺术领域，或音乐或影视或绘画或文学。我的笔在经过许久的迂回之后，才接触这个题目，这令我惭愧。篇幅的原因，容我找另外的机会，专辟一篇《陕北艺术论》吧。哦，陕北，这化外之地，这"圣人布道此处偏遗漏"的穷乡僻壤，也许，你将会给板结和孱弱的艺术以一场大惊异，也许，你将会给我们这受儒教浸染数千年的古老民族，一点离经叛道、勇天下之先的精神。

当我从秦直道上经过，注视着秦始皇两千年前那远去的背影时，当我怀着诚实，走入我陕北山乡每一位父老的心灵时，当我看着安塞腰鼓，以不可一世的姿态踢踏黄土时，当我来到黄河延水关汹涌的渡口，虔诚地为多灾多难的民族祈祷时，我想起我的一位艺术家朋友的话，他说，我们这个民族的发生之谜、生存之谜、存在之谜、发展之谜，也许就隐藏在这陕北高原的层层皱褶中。

　　是这样吗？高原母亲，我在问你，你为何不答。

1990 年 6 月

陕北艺术散论

绪万先生要去美做学者访问行前,约我找几张陕北民间艺人的剪纸,以备应酬交流之用。并且嘱咐,每张剪纸旁边,最好能有作者介绍、艺术风格或历史掌故说明。他这一打搅,便打搅出我这篇文章来了。长期以来,我一直有写这篇散论的念头,只是面对一堆光怪陆离的材料,不知如何令其驯服,如何找出一个很恰当的叙述对象来,确切地说,不知如何找到一个统领全局的制高点。现在我有了,我得因此而感激绪万先生。记得林语堂的煌煌大作《中国人》,便是受一个叫赛珍珠的女士的点拨。笔者当然不敢与林博士相提并论,这篇短文与博士的《中国人》相比,亦是土丘与山岗之别,行文中偶然想起,取其相似点罢了。

秦以前的二三百年,处士横议,百家争鸣,成为两千年封建社会中国学术界一个绝无仅有的光辉灿烂时期。秦以后，罢黜百家，独尊儒术，思想界哲学界于是被一种沉默气氛所取代。虽屡屡有天资颇高、声位显赫的人物妄图打破一统，但是收效甚微，人类的伟大创造精神受到了限制，生机勃勃的局面不复出现了。儒家学说对中华民族的功绩在于，它维护了中央集权的统治，它的各种学说汇聚起来产生一种向心力和凝聚力，从而使这个文明古国没有在历史的风风雨雨中泯灭于路途。想到世界四大文明古国的其他三个，都已不复存在了，我们就能想见儒家学说的不灭功绩。儒家学说的消极一面是，千百年来，它限制了人们的思维，限制了人们对物质世界和精神世界的穷究，从而使我们这个民族在社会学领域成为一个懒于思索的民族（正如德意志民族是一个理性过强的民族一样）。尤其是近代，它束缚了人们的思想进步和对现存秩序的革命性破坏，于是乃有以"打倒孔家店"为目标的伟大五四运动的出现。

儒家学说在一统中国时，网开一面，留下了陕北高原这个空白点。这当然不是为牧者的恩赐，而是历史上的陕北长期处于边关要地，汉民族与中国各少数民族轮番统治的结果。清光绪皇帝特使、翰林院士王培棻，曾来陕北三边视察，回去后的考察报告中有"圣人布道此处偏遗漏"之说，或可为这一论点提供论证。因较少受到儒家学说的影响，陕北秦以前的古老文化得以保存（当然是存一而遗万），秦以前的艺术得以靠山沟的掩护，以"活化石"的形式令今日世界大为惊异。而我们知道，陕北高原，是轩辕的本土，是他的发端之地与安寝之所，能够保存到今天的东西应该说都是弥足珍贵的。于是乎，时值20世纪八十年代，陕北高原一跃成为全国艺术界注目的一个焦点，影视界冠之以黄土地艺术，美术摄影界冠之以焦土文化，歌坛以不拘一格不可一世的姿态，在"西北风"的呼啸中寻找到倾泻现代人思想感情的音符，迟钝的浮躁的文学界也在这块土地上苦苦寻根，寻找思想，寻找形式，寻求远祖的神秘庇护。

是不是可以这样说，陕北本土艺术的全部奥秘和它为世所瞩目的原由，正在于王培棻无意中说出的这句话："圣人布道此处偏遗漏！"

1987年全国民间歌舞电视大奖赛中，安塞腰鼓以其强烈的表现欲望和剑拔弩张式的力量，为时人所瞩目，荣获大奖。一位美国观众惊叹，想不到在温良敦厚的中国民间传统舞蹈中，还有这类似美国西部艺术的一路。这位美国人还没有到过安塞，没有看过哪里七八十岁的老农和七八岁的女孩，穿着家常衣服，站在黄土地上的自发表演，要不他会更为惊讶的。每一次表演都是艺术的演变，千百年来演变了千百次，而从黄土地搬迁到北京舞台，这又令安塞腰鼓的本来面目削弱了许多，然而这舞台上的腰鼓仍能令人慑服，可见其艺术内涵的深厚。安塞腰鼓的缘起，一说源于宗教的祭祀活动，若如此，它该是我们这个民族最古老的文化的一部分了。一说源于军事上的用途，若如此，它该大约在秦代，在秦蒙恬与扶苏戍边这里的时候。几年前陕北某地出土汉画像砖，砖上彩绘，正是腰鼓手边舞蹈边击鼓的身姿。总之，它的艺术风格一反那种传统的歌舞升平的舞蹈，更接近于现代人的思想感情和现代人的节奏，或者说，更接近那种古代人表现感情的方式。今而古，古而今，以安塞腰鼓为纽带，跨越两千年时间进程，在现代文明方式冲击下深感困惑的这人群，从民族本土文化的源流处找到了守护神，听到了关于"回归本土"的呼唤。

陕北民间剪纸，这些年日益为时人所重。先后有几位农村老太婆，到中央美院讲学，到西方的万国博览会上表演。更有许多的中外学者，来陕北考察，溯本求源。有一幅著名的陕北剪纸，叫"抓髻娃娃"，根据中央美院靳之林教授的考证，很可能是最早的黄帝部落使用的关于生殖崇拜的图腾符号，后来，"抓髻娃娃"便演变为中华民族的守护神。类似此等大奥秘，相信还有许多隐藏在陕北剪纸中。在文字不发达的情况下，剪纸在这广大地面的一字不识的农村妇女手中，其实变成一种延续过去与未来对话、与世界对话的文字。仅靠几本残缺不全的县志，今人根本无法理解和知道那些久已泯灭的东西，于是剪纸艺术以其神秘的色彩，依靠老太婆手中剪刀，为我们展示出条条迷津。我曾经请教过一位研究工作者，一只尾巴上有一孔麻钱的老虎与一只尾巴上有一轮太阳的老虎，有什么区别。方家告我，前者为雌，后者为雄。麻钱上的方孔象征着女性生殖器，不独在剪纸艺术中，似乎在文学语言中、习俗用语中，亦有此例。中国宫殿中，称此类有孔的照壁为"女墙"，刘禹锡诗云："淮水东边旧时月，夜深还过女墙来。"那尾巴上带太阳的老虎，自然就是雄性了，太阳生火，火为阳，虽稍带牵强之意，但这也是想得过去的替代符号。诸如此等,民间剪纸中屡屡可见,权威的解释者,那些农村老太婆正在一个个撒手而去,愿这些秘密不致随她们一起死去,从而令后来的研究者对着这麻钱小孔百思不得其解。记得安阳殷墟中几片龟甲土,对着上边的几个似字非字的东西,幸亏沫若先生的生而知之和令人信疑参半的破解,才令我们有识大概。陕北民间剪纸艺术家中,我记起一个人来。这人叫张林召,如今已经作古,用一句带一丝凄凉滋味的话说,她的墓上已长出萋萋荒草。张林召一生三次易嫁,三次死了丈夫,农村将这叫"克夫命",有"嫁鸡鸡死嫁狗狗亡"之说。张林召的有些剪纸,与当代艺术大师毕加索的绘画手法十分相近,打破传统的三维空间,表现到四维空间。我曾经将两个人的作品放在一起比较,一边比较一边惊异。惊异之外还有一丝感慨,感慨一位生前备受荣宠而死后家资巨万,一位生前卑微贫困遭人歧视而死后依然寂寞如初。毕加索在寻找艺术表现手法的途中借鉴了张林召,这话是不敢说的,因为缺少这方面的记载,且张林召晚生了二三十年。说张林召受毕加索作品的影响,也是不敢说的,因为张是个足不出户的农村妇女,别说毕加索,恐怕连世上有个法兰西都不知道。唯一的解释是,同样受到一种隐秘的灵性的启示,于是艺术思维达到同步前进。艺术大师自然是受他的艺术积累和表现欲望的差遣,而农家妇女靠什么呢?据说有一位收藏家问过张林召,张林召只说,自己灵机一动,觉得那样剪好,就那样剪了。这话当然说得十分准确,是艺术家的辞令。假若是我,我一定不这样直接问,我要问那些天她都想什么事,那些天她都见什么人,那些天天上下什么雨地上刮什么风,我要寻找到形成她"灵机一动"的艺术氛围。说到底,我要寻找上天将这世纪性突破的角色放在张林召身上的缘由所在。然而,张林召已经作古,面对着她的剪纸,我只能像面对着出土的甲骨文一样,只有无凭猜测的能耐了。

那一年我陪中央电视台"中国人"摄制组,去安塞一条山沟,为一位农民剪纸艺术家拍几个镜头。老太婆叫白凤兰,那年73岁了,皮肤白皙,举止安详,一试镜头,落落大方,安之若素的样子,连摄影师也感觉惊奇。拍摄途中,我们知道了这位艺术大师生活的贫困。她与丈夫,靠窑前的一小块菜地里的蔬菜和窑背上一块坡地的五谷为生,半饱而已。我们那次将大把的钱丢在了招待所房间、餐厅和租用的汽车上,仅给这位当事人以一袋面粉的拍摄费,细细想来,遗憾不已。当时,老者说,有的剪纸能手每月有十元钱补助,而她没有,不知什么原因。随行的县文化馆馆长答,有些剪纸能手是县政协委员,所以有点补助,云云。我们劝老者也去跑一跑,老者说,去县城要八角钱车票,她没有这八角钱,即便有,这八角钱能不能换五元钱补助,还是个未知数。记得我当时答应给县领导说,可是几个年月过去了,还没有说,真是罪孽。那一次拍摄中,我见到了白凤兰画的一幅画。画的内容,我已在《陕北论》中谈及,这里不再赘述。归根结底,那是一幅崇尚生殖崇拜和赞美生命的图画,也许正是这样的心态,激励这些卑微的人们在这里劳作、生存、做爱并且一生与艺术为伴。陕北的农民画笔法粗糙、原始，以笔者管见，并不独立成系，仅与剪纸互为姊妹艺术而已。条件好时，以笔代剪，条件差时，以剪带笔，不拘形式，唯以表现自我、诉诸感情为其要旨。

陕北当然不是一个孤立的文化区域，其文化影响跨黄河波及山西吕梁地区，北面波及内蒙古鄂尔多斯高原，西面波及宁夏固原、甘肃庆阳，南面波及关中。反言之，上述地区的文化影响，也深深地弹压和进逼过来，在这里形成一个旋涡。以信天游为例，这种民间艺术形式在内蒙古称爬山调，在山西称顺天游，异名而同种形式而已。我认识的一位民间流浪歌手，曾在上述地区流浪，并颇有影响，后来因为户口和工作的缘故，定居陕北榆林，成为民间艺术团的独唱艺术家，并且得到陕北艺术界的认可。电视剧《悬崖百合》的主题歌，就是他演唱的。

饥者歌其食，劳者歌其事，自然是民歌的基本特征。然而陕北民歌，上述两点之外，又以情歌数量之巨、艺术造诣之高，令人叹为观止。寂寞困苦的黄土地上，蒙受着物质贫困和精神贫困双重折磨的这群人，苦中作乐，聊以自慰，女人成了男人永久的话题，男人成了女人永久的话题。一个县长说过，在陕北，"串门子"是文化生活的一部分。这话当然有失大雅，且以偏概全，但笔者不能不遗憾地承认它在某些地域却是事实。正统的道德观念的浅薄、生活的寂寞与前景的无望，都促使这一类事情发生。一位来自乡上的干部告诉我，他问起一位与之相好的农村妇女图他的什么，这位妇女答，图他身上的洋胰子味。这话当然是一种幽默的说法。实际的理由是，与下乡干部交往，可以抬高这位妇女在本村的身价。这种观念与礼教甚严的关中地区相比，简直令人咋舌，然而在这里见怪不怪。著名的陕北民歌《赶牲灵》相信就是一位乡村女子渴望闭塞的生活起些波澜，从而寄情于往来无定的脚户们的一种心态。当然，守身如玉、不敢越雷池半步者居多。那些做了的缄口不言，那些不做的却常常嘴上过瘾，于是便有一个个的情歌或者酸曲，创造并传唱开来。"隔窗子听见脚步响，一舌头舔破两层窗""荞麦饸饹羊腥汤，死死活活相跟上"之类，多么真诚而痴情啊！陕北民歌历经时间的筛选与改造，于是流传至今，形成数千首美不胜收的艺术精品。并且在民主革命时期，为革命文化人所稍加改造，便服务于革命宣传了。前些天，我曾有幸为一家电视台改编《王贵与李香香》剧本，通读全诗，发现十之五六，都是业已定性的传统陕北民歌歌词，李季的贡献只是提供了一个革命加爱情的美丽故事而已。然而在当时，诗人能看得见和看得起民间的东西，还是值得称道的。

陕北人，履历表上一律填写的是汉族，然而溯本求源，相信其中有许多讲究。南匈奴的本营，就在今陕北高原的吴堡、横山一带，后来与北匈奴分裂。北匈奴集体迁徙到遥远的多瑙河畔，南匈奴遂同化于汉人。此其一。随后有大夏王赫连勃勃的南下而牧马，蒙古铁木真的铁骑纵横天下，或有兵卒，掠当地妇女以为妻室，或有伤兵，流落村庄招赘为夫，都是可能发生的事情。据说匈奴曾掠内地汉家女子，囤于陕北，筑"吴儿堡"数座，以繁殖人口，此吴儿堡地名，在今高原上尚有多处。此其二。其三，陕北北部，县县不同俗，且语言、饮食习惯、民情风俗多有差异，令人怀疑居民是湮灭于言史长河中的一些弱小民族的后裔。例如延川，据说是稽胡的后裔；又如吴旗，人民相貌与别处绝有差异，只是无从查考罢了。这些人的交融，自然带着各自的文化印痕，给陕北大文化以巨大的填补和冲击，但是水过地皮湿，强大的根深蒂固的轩辕时期开始的汉文化，仍占主导地位。

陕北最普及的乐器也许是唢呐。唢呐音色高亢、明亮，富有穿透力。在景物单调的黄土地上，在寂寞而无望的人生苦役中，唯这种响遏行云的声音，能表现出人类的不为命运屈服的抗议之声。那一年40个瓦窑堡大汉，站在嘉岭山下的体育场里，闪闪发亮的40杆铜唢呐喇叭口朝天，一齐吹奏，声音惊天动地，似有震裂耳膜之虞。陕北人之于唢呐，相依为命，据我的一位朋友有些玄乎的说法，陕北人的一生，三次与唢呐有缘，一是出生时请唢呐来吹，一是死亡时吹唢呐为之送行，一是婚嫁时借唢呐以助喜庆气氛。生时吹自己懵懂不知，死时吹自己充耳不闻，独有这婚嫁时自己能听得逼真。黄土地上唢呐不绝于耳，唯这一次为我而吹，想到这一层，其间也许便会有作为主角的惶惑与不安吧。我家阳台下边的街道上，每每有唢呐手列队而过，那是在为亡人送行。在这样的声音中走向死亡，其间便平添了一种宗教般的色彩和知生知死的豁达风格，且有一种崇高感。这当然是我的猜度，因为我要经过这一次唢呐洗礼，还得待些时日。通俗地讲，我以为这一生中的三次吹奏，其实是三次自我表现，告诉严酷的大自然和世界，我已生，我已死,我将婚嫁并且添丁加口,我以高亢的声节扩张我的渺小,宣告我的曾经存在。唢呐的用途当然有多种,如果仅仅这三次人生吹奏,那不免吹奏得累了点、严肃了点。旧时有些地域的陕北人有行乞的习惯,于是这唢呐便成了行乞之物。走到施主家门口,对着门缝,大气吹奏,你做祝福之意理解可,你做威胁之意理解可。总之,施舍没有到手之前,唢呐声绝不停息。这种情况有时还会出现在货摊上,老板哭笑不得,唯有忍痛打发一点什么,方可再平心静气地进行他的营生。

　　陕北的本土艺术,上述之外,尚有许多,或建筑风格,或毛绣织锦,或石窟佛缘,或面人泥马,不一而足,非这篇短文所能囊括。末了,只想再提提陕北秧歌,因为这是非提不可的事情。据方家的考证,"秧歌"一词,最初恐怕是"央告"的意思。须知当年的这里,固然有歌可唱,但是无秧可插。陕北话鼻音较重,两个字音调几乎相同。或有南方文人,收集整理时,不解其精神实质,以"秧歌"二字代之;或因人事,或因天时,天灾人祸临头时无力改变,于是虔诚地央告苍天,手舞足蹈,击鼓鸣镲,以期引起上苍注意,消灾降福,化祸为安。秧歌的用途,大约有两种:一是用于逢年过节喜庆时候渲染气势和表达情绪。我想这种用场,大约是秧歌后来生活化了的俗用。另外一种,是用作祈雨和庙会,即"央告"之意。陕北十年九旱,天久日不雨,于是农人相约,一人撑头,齐跪于龙王庙前,边扭边唱,央告神明。陕北地面,几乎村村有庙,山神庙、土地庙、龙王庙、城隍庙,等等,集体来打搅这些神明的时辰，便是闹秧歌。关于秧歌，需要大书一笔的是，民主革命时期，随着解放的步伐，陕北大秧歌风行全国，起了鼓动革命的作用。而大秧歌作为一个特定时期的标志，永载人们的记忆之中。

我常常想我的陕北，宛如一条船、一架天车、一乘帝王之辇，它缓慢而笨拙地进行着，从远古走向未来。怀着儿子对于母亲般的虔诚心情，我在它的斑驳面容中细细查找，试图找到它秘而不宣的一切。我怀着焦渴的心情，久久期待着，期待着某一个早晨或黄昏，天开一眼，它神秘地微笑着，向你显灵，慷慨地展示它的全部。至于如今，我只能说，我对它究竟了解了多少，连我自己也没有把握。

1990 年 8 月 30 日于古高奴

陕北是一块苦难的土地

11月17日,是作家路遥的忌日。那日中午,我正躺在床上假寐,眼前浮现着路遥大行前那凄楚的笑容,脑子里想着路遥生前一些事情。这时电话铃声突然大作,把我吓了一跳。

电话是上海某出版社的一位女编辑打来的。这位编辑姓张,她要我写一篇关于陕北人的文章,她说在广袤的中国地面,一个地方和一个地方的人绝对不同,它们是文化的产物,是历史的产物。比如陕北,能将大文化背景下的陕北人写出来,肯定是一件有意思的事情。我很痛快地接受了这位张编辑的约稿。痛快的原因之一是我很迷信,我怀疑电话铃此刻的响起绝对与路遥有关。原因之二则是我正想谈谈路遥,现在好了,这个关于陕北人的话题即从路遥开始。

陕北是一块苦难的土地。我常常想，上苍造这么一块土地，并且让人居住，大约就是为了让人们受难。如果你出生在富庶的南方，那么无论生活怎么苦焦贫贱，青山绿水毕竟会给你一丝来自自然的闲适自在。但是在昔日苦难的陕北，每一个生命来到人间，它的同义词就是"受苦来了"。从呱呱落地那一刻起，你就得肩负着一个沉重的使命，这个使命就是如何使自己活下去。

"猪娃头上还顶三开粗橡哩！"这是每一个生命来到人间时，满月那天，闻讯赶来的说书艺人会为孩子祝福的话。这话是说，既然你来到人间了，你就有理由有一份自己活命的口粮的，而这口粮是从命里带来的。埃德加·斯诺曾经望着陕北拥拥挤挤的黄土山峁，感激它是风神的杰作，是抽象派画家的胡涂乱抹。但他也悲哀地说："人类能在这样恶劣的自然条件下生存，简直是一种奇迹。"

路遥出生在陕北清涧县一个贫困的农家，七八岁时，父亲一路乞讨，顺清涧河而下，将他交给先期逃荒到延川的伯父收养。随后，父亲又采取同样的方式，将路遥的几个弟弟，也先后送到这里。记得，路遥曾经热泪涟涟地为我讲过他当时的那种感受。路遥说，太阳就要落山了，天快黑了，父亲说他要走，他哄路遥说，只是在这里住一段时间，待大年馑过后，他会来接路遥的。路遥那时便已经明白，父亲已经把他永远地过继给伯父了，但是，他没有把这一层说穿，而是懂事地点点头，然后看着父亲，佝偻着腰，慢慢地转过山坡，消失了，远景只留下一面有着凄凉的阳光的山坡。

我不知道这个陕北高原的普通黄昏，这面荒凉的山坡，曾给少年路遥留下怎样强烈的刺激，但是我敢断言，它对后来路遥性格的形成，一定产生了重要的影响。

产生重要影响的还有另一个黄昏。尽管有人认为不应该写这个黄昏，但是凭着我与路遥的友情，我觉得应该写，因为它同样是影响路遥性格形成的重要的东西。我认为我有责任把它写出来，我还认为九泉之下的路遥一定也是抱着赞赏的态度看着我写的。

路遥饿极了，而班上的那个干部子弟，书包里总装着一块白馍。这干部子弟吃馍的时候，看见了眼馋的路遥，于是他说："你学一声狗叫，我扔给你一疙瘩馍吃！"于是在这个陕北高原的黄昏，在延川县立小学的操场上，人世间最为悲惨的一幕就发生了。

那个黄昏不是一个普通的日子的黄昏，据说苏联的加加林少校驾驶的宇宙飞船在登月的途中，将从这座贫困闭塞的县城上空经过。这是老师告诉少年路遥的。而少年路遥在经历了刚才那一幕屈辱以后，在所有的孩子都离开操场以后，还呆呆地站在那里，举目望天，泪流满面。终于，一颗星星从山坡那面转过来了，划过他的头顶。

许多年以后，路遥将他的成名作《人生》中的主人公，叫作"高加林"。

而他将《人生》的菲薄的一点稿费，带回清涧老家，为父亲圈了三孔石窑。"我圈石窑的目的，是要对着世界大声说：'父亲的儿子大了！'"这是窑圈成后，返回西安途中，在延安暂住时，路遥对我说过的话。

这里不谈路遥了，这个话题过于沉重。好在关于陕北，关于陕北人，我们要谈的话题实在是太多太多。

据说，20多万年以前，从中亚、蒙古一带吹来的大风，将大量粉沙刮到此地，堆积下来后形成如今的黄土高原。嗣后天雨割裂，水土流失，形成这陕北黄土高原山沟深陷、山梁纵横、山峁高耸的支离破碎景象。陕北高原目下居住着450万人口（写本文时的人口数），或者如我在文学作品中渲染的说法：450万现代堂·吉河德，居住在这块苍凉高原上，一代一代地做着他们征服世界的梦。

陕北高原往正北方向，与内蒙古自治区接壤。接壤的地方是内蒙古自治区的鄂尔多斯和巴彦淖尔。陕北人习惯上称那里为北草地。陕北高原往西北方向，出三边，过盐池，则进入富庶的河套地区。

陕北高原往正南，出金锁关，便进入富庶的关中。

陕北高原往正东，隔黄河相望，则是山西。陕北高原与晋西北高原，原本是连在一起的。黄河将秦晋高原分开，从黄土中勒出了一道深深的渠道，自白马滩奔涌而出，从而给这一段地面留下蔚为壮观的秦晋峡谷风貌，留下举世闻名的大瀑布——黄河壶口瀑布。

陕北高原的正西，值得特别地大提一笔。一条险峻的大山脉将陕甘分开，横亘于黄土高原。这条山脉叫子午岭，它是桥山山脉的一条支脉。而黄帝陵，则建在子午岭东翼的桥山上。

在这子午岭陡峭的山脊之上，有一条秦始皇时期修筑的"高速公路"——秦直道。道路起自西安附近淳化县的甘泉宫，终至包头南 40 千米的九原郡，是一项与万里长城并称的浩大工程，其主要作用是防范北部的匈奴入侵时快速调动军队。领军修建这秦直道的仍是大将蒙恬。蒙恬当时的驻地在今天陕北的绥德县。蒙恬、扶苏遇害后，最后也埋在这里。绥德县城里现在有蒙恬墓、扶苏墓存世。

匈奴长期活动在陕北一带并影响了该地区的历史文化，应当是可信的。

有理由相信，当年昭君出塞马蹄哒哒、胡笳声声，走的正是这秦直道。还有理由相信，正是这条家门口的"天道""圣人条"（陕北人对秦直道的民间叫法），刺激了陕北英雄李自成的勃勃野心。这条道路，自修成以后一直在用，虽然元朝、清朝时由于铁蹄所向，由于战争流血漂橹，这里人烟稀少，但是战争过后，这条为蒿草所掩的道路仍在使用。20世纪30年代后期，许多进步青年奔赴延安，走的仍是这条路断人稀的道路。

我的朋友，陕北籍作家刘成章先生，亦以为自己的家世和匈奴有些关系。以前，刘成章曾去罗马尼亚访问，当他说出南北匈奴这一渊源，并说他身上很可能就有南匈奴的血脉时，只听见一声尖叫，从屏风后面跑出罗马尼亚作协主席的妻子。

这女人是匈牙利人，她紧紧地拥抱住刘成章先生，唏嘘不已。我曾经在一篇文章中说，此刻，世界上也许有许多重要的事情发生，但是无论哪一件事情的发生，也没有这对异国"兄妹"在穿越两千年的时光、几万里的空间的这个拥抱那般庄严、苍白、美丽和惊心动魄。

刘成章是延安市人，他至今还活跃在中国文坛上。他的散文粗犷、朴实、大气。

刘成章的娘舅家在陕北米脂。米脂那个地方是个出美女的地方。记得刘成章的表妹就身材高挑，面白如玉，天生一副高贵气派。那时这姑娘在报社做排字工，我是编辑，我常常动员她去演个电影什么的，肯定把现在那些明星们都比下去。这姑娘被我说得心动了，于是到西影厂去应聘。招聘的人说，光凭漂亮的脸蛋就能演电影吗？一句话呛得这姑娘只好又回去继续她平凡的人生去了。

话题既然撵到这里了，那么让我们专门来谈谈陕北的女人。这是一个我多么愿意谈的话题呀！此刻当我谈到这里，我的眼前就浮现出那山野上一朵朵怒放的野花。其实，在前面提到四大美人之一的王昭君的时候，我就想说四大美人中的另一个——貂蝉了，只是由于行文的轻重缓急，一时插不上嘴，那么我放在这里说。

貂蝉是米脂人。貂蝉一出生，她的美便把自然界震慑了。"闭月羞花"一词儿，就是文化人为貂蝉造的。据说貂蝉出生时，月朦胧，花三年不开，这大自然的异象将貂蝉的父母吓坏了，他们以为自己生下了一个怪孽，于是将貂蝉用一张狐狸皮裹了，扔到城外。貂蝉的名字就是这样来的。据说，当时城外恰好有一只母狐狸丧子，于是循着呱呱的婴儿哭声找来，随后这只母狐狸把貂蝉背进窝里，用自己的奶水将貂蝉养大。

貂蝉是米脂人，另一个赳赳武夫吕布则是绥德人。两个县毗邻。因为这个缘故，所以陕北民谣中有"米脂的婆姨绥德的汉"一说。民谣还有下一句，叫"清涧的石板瓦窑堡的炭"，则是对这两个地方物产的赞美。

在《三国演义》中，吕布似乎是一个没有名堂的人物，但是当代作家周涛在他的《游牧长城》中对这个人物给予了最高的礼赞。他称吕布是伟丈夫、真男儿，他把吕布寻找不到用武之地以至寻找不到归宿，看作是游牧文化在面对农耕文化时必然的悲剧性结局。

"一十三省的女儿哟，就数兰花花好！"过去的陕北人认为天下一共有13个省，所以如是说。确实，陕北的女人是我见过的中国地面上所有地方中的最美丽、最热烈、最真诚的女人。这也许与种族渊源有关，与她们的祖上的马背生涯有关。每当谈起俄国十二月党人的妻子们，陪着她们的丈夫踏上流放西伯利亚的长途时，我就想起陕北的女人们。我相信陕北的女人也能做到这一点。

陕北女人们唱出的那些火辣辣的情歌，是我们民族文化宝库中珍贵的部分。等待情人到来时，"隔窗子听见脚步响，一舌头舔破两层窗"；作闺中幽怨时，"这么大的锅来哟，下不下两颗颗米，这么旺的火来哟，还烧不热个你"。即便是那些革命民歌，在宣传的意味之外，陕北的女人们也赋予了它许多的真情。例如，"自从哥哥当红军，多下一个枕头少下一个人！""革命队伍里人马多，哪一个马屁股还驮不下个我！"等。

美丽之外，热烈之外，真诚之外，陕北女人身上还有一种异样的气质叫大气。我永远也不明白，那些一生甚至连自己家所在的那一条山沟也没有走出过的农家妇女,她们身上的那种大气是从哪里来的。记得当年我还在报社的时候,一个记者下乡回来告诉我,他穿过拥拥挤挤的山崬,进入最偏的陕北农村时,仰头一看,看见远处的硷畔上站着一个陕北婆姨。婆姨穿一件大襟袄,怀里端个簸箕,正呆呆地望着天空出神。"你在看什么呢?"记者问。"眺世界!"女人回答。"眺世界"这句话当时曾引起这位记者深深的惊讶,而当记者将这句话转述给我时,亦引起我深深的惊讶!那一刻,我想起传说中的玛雅人热泪涟涟地望着天空,渴望天外来客将他们接回自己故乡的情景。而在后来,读路遥《人生》的时候,"高加林"这几个烫眼的字又让我想起陕北婆姨的"眺世界"这句话。

在平淡卑微的生活中,在庸俗的地形地貌的重重包围中,在行走的人生中,陕北人会暂时地停下来,眼光脱离大地,眼光从平庸和苦难中错开,而瞻望岁月。而女人在这瞻望中,为了掩饰自己,通常要端上一个簸箕,找个托词,佯装着是在簸粮食。

"瞻望岁月"是中国台湾诗人商禽《长颈鹿》中的一个词。诗中说,狱房中有一个高高的窗子,犯人们每天伸长脖子,朝窗外看,以至都变成长颈鹿。新来的年轻狱卒,不解其中的缘故,表示惊奇,于是老狱卒对他说,那是由于他们在"瞻望岁月"的缘故。

行文至此,我突然想起另一个陕北女人的故事。这女人叫白凤兰,人们称她是农民剪纸艺术家。她曾手中拿着那剪纸的小剪刀,去中央美院讲过课,还曾去法国巴黎参加过万国博览会。她同时是一个大字不识的普通、卑微、贫穷的陕北农家妇女。早些年，我曾经陪中央电视台一个摄制组，前往她的家中为她拍过专题片。她的家在安塞县沿河湾镇茶坊村，即张思德烧木炭时牺牲的那个地方。

那天晚上的拍摄中，面对镜头，这位农家老太婆表现得那么从容自若，让人惊叹。还有，她在讲述她画中的那些古老故事时，眼神闪耀光芒，也给人留下极深的印象。

在拍摄过程中，她画了一幅画，根据她的讲述，画中的事是这样的：地球发生了大灾难，或者是洪水，或者是地震，总之，人类毁灭了，这个世界只剩下一男一女两个人了。这两个人是兄妹。一种超自然的力量说，你们结婚吧，为了能继续有人类。兄妹俩不愿意结婚。"他们害羞！"白凤兰红着脸，这样对我们说、神见他俩不愿意结婚、于是说："既然如此，那么让我们用这件事来决定吧，这里有两合砭扇，一合是上扇，一合是下扇，我把这两合砭扇，从山顶上滚下去，如果到了山根底下，这两合砭扇合在了一起，你们就结婚吧，如果两合砭扇是分开的就注定人类当灭了。"说完，神就将这两合砭扇从山顶上滚了下去。奇迹发生了，在经过一段磕磕绊绊的路程以后，到了山根底下，两合砭扇竟然"砰"的一声，奇迹般地合在了一起。于是，兄妹俩叹息了一声，男人明白自己该做什么了，女人则害羞地但是勇敢地撩开自己的裙裾。而就在这一刻，水开始流动，鸟儿开始欢歌，鲜花开始怒放，大地上的一切重新有了灵性，有了生命。

农民剪纸艺术家白凤兰讲述我们民族这个上古神话时，正是日

酒醒還在花前坐
酒醉還來花下眠
半醒半醉日復日
花落花開年復年

唐寅桃花庵歌
高建華

落黄昏之际，对面的山坡蒙上一层凄凉的光舞，白凤兰的丈夫，一位年迈的农家老汉正背着山一样的一背谷穗，从山顶上往下走，暗淡的光线划出山弧线和老人的影。我在那一刻直疑心我面前的这一面山坡，就是白凤兰老人故事中的山坡。

陕北民间文化被称为我们民族文化宝库里的活化石，陕北民歌、陕北说书、陕北剪纸、陕北农民画、安塞腰鼓等，透露出许多碑载文化所不能带给我们的古老先民的信息。而由于陕北这块地面没有或很少受到后来的儒家文化的熏陶，因此，那些原始的信息就显得尤为宝贵和重要。

如今二三十个年头过去了，她的墓头该长出萋萋荒草了吧！一个陕北女人贫穷、卑微地走完了她的一生。她的剪刀和画笔曾带给我们怎样大的惊异，而她又将多少未曾展示的谜带走了呢？

当毕加索创立了立体主义，而被称为现代艺术的创始人时，在陕北农家老太婆的剪刀和画笔下，这种表现手法她们已经熟稔地使用了几十年。这是专家为我们指出的陕北民间艺术的惊世骇俗之处。那么，在专家的匆匆光顾中，他们没有看到、没有认识到的还有多少呢？我们不能想象。也许，我们任何的想象都不算过分，因为陕北这片海是如此博大和深邃。

附带说一句，关于白凤兰的那幅画，此刻我还想起一件事情。之后有一年我到新疆，见到了从古墓中出土的《伏羲女娲图》，面对这个1000多年前的古物我突然明白了白凤兰当年为我们画的那一男一女，正是我们民族的始祖伏羲与女娲。

上面我从路遥开始谈了陕北男人,从貂蝉开始谈了陕北女人,行文至此,我才发现我的谈话方式的愚蠢和笨拙,因为男人和女人是不能分开的。男人和女人,正如嘴唇的上唇和下唇一样,正如碾扇的上扇与下扇一样,正如一辆车的左轮与右轮一样,它们是完整的、密不可分的。

譬如在上面谈到陕北婆姨"眺世界"的时候,我就想起路遥告诉我的陕北男人的一件事。

路遥说,有一次他回清涧老家,夜已经很深了,他刚要脱裤子睡觉,这时候一个老汉气喘吁吁地从对面的山上跑过来。老汉问路遥,听说有个叫里根什么的人,当了美国总统了,有没有这么回事。路遥说他在那一刻突然深深地为他的乡党悲哀。大约上山干了一天活,还饿着肚子,现在又翻了一道深沟走了两个小时的路程,来问这与自己没有丝毫相干的事情。"谁当美国总统,与你有何关系,回去种好你的地吧!"路遥这样回了一句。于是,那老汉佝偻着身子,悻悻地走了。

这绝对不是一个特殊的例子。在陕北,几乎每一个男人都是个政治家,身上都有一种"领袖情结",都随时准备像他们光荣的先辈李自成那样,翻身上马,去横行天下。只是,他们高傲的天性遇到的是冷酷的现实,他们的双脚永远被捆绑在贫瘠的大地上。而随着老境渐来,堂·吉诃德式斯巴达克式的英雄梦破灭之后,他们便会变成滑稽人物。

陕北人的居处,一般说来是窑洞。这窑分三种。那些最贫穷的人家，顺着山坡先起出一个窑面，之后再向山的深处掏一个洞穴，于是一面土窑就成了。那年我们拍摄白凤兰剪纸时，白凤兰家就住着这样的几孔窑洞。那些光景稍微好一些的人家，住的是接口石窑。所谓接口石窑，就是给原来的土窑外面，再接上一个石窑。路遥为他的父亲修的三孔窑，大约就是这样的接口石窑。第三种则是纯石头的或纯砖头的窑洞了。通常，这种窑洞的圈起，显示着这户人家已经无衣食之虞了。这些年来，随着经济的发展，陕北地面这种砖窑或石窑已经普及了。

传统的陕北人的衣着，是羊皮袄，是大裆裤，是百衲鞋。男人的标志是"白羊肚子手巾三道道蓝"，女人的标志是"红裹肚"。陕北人头上羊肚手巾的蒙法，与山西人截然不同，山西人是将结打在脑后，陕北人则是将结打在额前，这叫"英雄结"，别处的人所不能为。一条红裹肚兜在腰上，从山坡上一闪一闪地走下来，让人不由得喝一声彩，唱出"小妹妹好来实在是个好，走起路来好像水上漂"。女人的标志服装，除红裹肚之外，大约还有脚下的红鞋。"谁穿红鞋畔上站，把我们年轻人的心撩乱！"男人们如是唱。这叫骚情，或者说叫调情，"我穿红鞋我好看，与你别人球相干！"女人们如是唱。这叫拒绝，也叫显能。

上述服装之外，我少年时还见过那些老山里下来的流浪说书艺人们，身上穿的百衲衣；这百衲衣，是将几层布（有时布中还夹上棉花），像纳鞋底那样，采用倒钩针的办法，用密密麻麻的针脚纳上一遍。一个人有这么一件衣服，一辈子就够穿了。上面说的都是老话,时代发展到今天,陕北人的衣着已经和外部世界同步了。

陕北人的吃食,最基本的是小米,是糜子,是荞麦,是各种豆类,是大玉米仁。陕北的小米特别好,米脂的得名,据说就是因为这地方的小米滑润如脂。这些杂粮经陕北人的搭配、调剂,粗粮细做,会成为最可口的吃食。当然,陕北人最好的吃食还是"猪肉撬板粉"。自从我在《最后一个匈奴》里写了这种吃食以后,它迅速地成为天南海北许多餐馆里的一道菜,那年老的陕北人,一边蹲在畔上吃着这难得一吃的猪肉撬板粉,一边举目望天,口里念叨着:"毛主席他老人家吃些什么呢?到了我这份上,也就尽了!"

陕北是一块奇怪的土地,一块有别于中国任何一块地域的土地。此刻,当我在西安的家中,站在阳台上,眺望北方,眺望那一块苍凉的黄土高原时,我仍然感到迷惑不解,感到一种大神秘,以及由神秘而产生的恐惧。我今年66岁了,而在陕北则整整待了30年,因此陕北可以说是我的真正意义上的故乡。但是,我还是只能说我面对它迷惑不解。

"那横亘在西北天宇下,那蠕动在时间流程中的金黄色的庞然大物,是我的陕北高原故乡吗?"在《最后一个匈奴》中,我曾作如是之问。

也许打开陕北人性格特征的一把钥匙(或者扩而言之,打开陕北文化的一把钥匙),是清朝人王培芬的一句话。王先生曾是光绪年间朝廷巡抚,受光绪皇帝委派到陕西考察,后给皇上写了一个奏折,这奏折就是引起陕北人愤怒的著名的《七笔勾》。在《七笔勾》中，他以猎奇式的居高临下的姿态描写了途中的见闻，毫不足取。但是，他的文章中，不经意地说出了一句话，这句话叫"圣人布道此处偏遗漏"。也许，王先生的这句不经意的话，正是解开陕北文化之谜的钥匙。

陕北这里还居住着我们民族的一群个性张扬的人。这也许就是上苍给我们留下这一处奇怪地面的意义。

记得，当安塞腰鼓将黄尘踢得满天飞扬的时候，一位美国的研究者曾说，想不到在温良敦厚的中华传统民间舞蹈中，还有如此剑拔弩张、野性未泯的一种。

自然，还有剪纸和民间画展屡向我们揭示的那种种大神秘。还有那曾在中国地面上刮起的歌曲《西北风》，还有由天才的陕北籍作家张子良先生编剧，从而开启中国电影新时期浪潮之先河的《黄土地》等，不一而足。

记得我在《最后一个匈奴》中，曾探讨过这个话题。我说红军将陕北作为落脚点和出发点，绝非一种偶然。

这篇关于陕北、关于陕北人的文章，到这里也许该结束了。我尽其所能，将我对陕北的理解告诉读者，我在这篇短文中，倾注了对陕北全部的爱与激情。然而，关于陕北这扇沉重的门打开了吗？我不知道！我只能说我尽力了。

文章就这样完了吗？我不甘心。我不甘心的原因是我不忍心离开路遥。此时在写作的途中，我的眼前还浮现着他那凄楚的笑容。

路遥悲剧性格的形成原因是文化差异。他虽然从延安大学毕业以后即来到西安,并且在这座古城待了 15 年,但是他从来没有融入西安,在都市文化面前他一直是一个局外人。为了掩饰自己对都市文化的恐惧感,他便用于连·索黑尔式的高傲来掩饰。我见路遥最后一面的时候,病床上的路遥对我说:"疾病使他的人生观发生了根本的变化,从此以后天下人都是朋友。"这是路遥的原话,我这里不敢更改。那时的我认为,一旦路遥重新站立起来,他将从自我封闭状态中走出,打开自己,勇敢地融入社会。遗憾的是路遥没有重新站起来。

2002 年 12 月

一场秋风老少年

第二部分

DIERBUFEN

在那秦直道上

子午岭是昆仑山向东南方向延伸的一支支脉。一长溜绵延陡峭的山脊,从陕北高原与陇东高原中间穿过,从而成为陕甘两省天然的分水岭。秦直道就以磅礴的秦皇气派,修筑在这山脊上。

据说秦始皇临死前,这条道路已经修通。而秦始皇最后一次出巡北方,东临碣石,以观沧海,他走的就该是这条道路。

太史公在《史记·蒙恬列传》中说:"始皇欲游天下,道九原,直抵甘泉,迺使蒙恬通道。自九原抵甘泉,堑山堙谷,千八百里!"

修筑这条连贯北方大漠的通道,还有一个问题需要解决,那就是在九原郡与甘泉宫之间,还隔着一道黄河天堑。

这问题是靠渡船解决的。现在,一些历史学家和旅游者,以及影视人,每年都有几拨沿着这个早已废弃了的古道走一遭,而一部名曰《秦直道》的专题片亦在拍摄之中。据他们说,当沿着秦直道,一直走到黄河边的时候,便可以看到,在陕北高原这边,在鄂尔多斯高原那边,沿着河岸,各蹲着一个高大的石砌的桥头堡。

正像修筑万里长城是为了抵御匈奴骑兵一样,修筑秦直道的目的,亦是为了向塞外用兵,威慑和打击匈奴。试想,一旦塞外有事,浩浩荡荡的大军便可以自长安城出发,直达边塞。朝发而夕至虽是一种夸张的说法,但是用上三天的时间,这1800里的路途,骑快马是可以到了。

而事实上,这个目的是完全地达到了。南匈奴的归顺汉室,与这条道路的修筑有着决定性的关联。史载,汉武帝勒兵30万,至大青山,面对北方大漠,恫吓三声:"谁敢与我为敌!"三声喝罢,四周静悄悄的,用史家的话说就是:"天下无人敢应!"汉武帝遂感到没有对手的悲哀,于是班师回朝,回程中途经黄陵桥山上,在山顶黄帝陵膝下筑祈仙台,拜谒始祖,希望轩辕氏能保佑华夏民族香火不灭。同时,征途劳顿的汉武帝,还将他的盔甲挂在旁边的一棵柏树上,自己稍作休息。那棵柏树如今还在,树木上有许多小眼,每到春天就有白色乳汁流出,相传这些小眼正是那盔甲上的铁刺刺的。那棵柏树如今人们叫它"挂甲柏"。

汉武帝的出征和凯旋,走的都该是秦直道。这是汉武帝元封元年时候的事。

昭君来到九原，曾经三嫁匈奴单于。也就是说，呼韩邪之后她又嫁给了他的继任者，而之后，又嫁给了继任者的继任者。这叫"续婚制"，这种习俗在别的和亲的美人身上也发生过。似乎在匈奴人看来女人与牛羊、帐篷一样，亦是家庭财产的一部分。

同秦直道的修筑是令南匈奴归顺汉室的因素一样，昭君出塞是另一个原因。

那时在这条通往边塞的道路上，一定还走过许多的人。他们的背影已经消失在路途的远处了，徒令我们唏嘘。而我们在这里也只是信手拈来几个，为这个湮灭的道路寻找它的确实依据而已。

但是这条道路也为"马上民族"的南下中原提供了便利。例如南北朝时期大夏王赫连勃勃的攻陷长安，便是一例。

汤因比在《历史研究》中注意到了这一现象。他说，这真是道路的修筑者们所始料不及的事情。他还说，当匈奴这一股历史潮水远走他乡之后，令人略感意外的是，留在原居住区的匈奴部落却突然显现出来，甚至占据了北中国广大地面，从而部分地完成了他们长期以来对中原文明和定居的占领梦想。

秦直道的又一名字，叫"秦驰道"，这是司马迁在《史记》中告诉我们的。

而在陕北老百姓的叫法中，它被称为"云中栈道"，或者"圣人条""皇道"。

后来，秦直道被湮灭于子午岭的荒山野岭中。加之由于高草树木丛生，桥梁被水流冲垮，这条道路事实上已经路断人稀。

不过直到 20 世纪三四十年代,这条道路上某些路段还在使用。比如当时投奔延安的一些进步学生,他们正是取道淳化县,沿子午岭进入陕北的。

1998 年 2 月

古老的统万城

一位将军，从辽远的草原上来，来到鄂尔多斯高原与陕北高原的接壤处。那时这里是一片古木参天、牧草丰盛、溪流潺潺的去处。北望，是一望无际的毛乌素沙漠；南望，是一个山头接一个山头的雄浑高原；东望，东跨黄河之后是当时南匈奴的老巢山西太原；西望，是宁夏河套平原和腾格里沙漠。将军登上一个高处，挥动马鞭往四下一指，以手加额，赞叹曰："天下竟有这样的好地方！这地方是为我赫连而设的呀！"于是不走了，他决定在这里修城筑寨，建立他的霸业。

这位将军叫赫连勃勃。而此时，在统万城尚未建立起来之前，或者说尚未设国称帝之前，他的名字叫"刘赫连"。他是匈奴人，属于匈奴王室中的一支，出塞的美女王昭君的直系后裔之一。

这位将军于是征集民夫，在这片旷野上，平地起城。这座从地面上"无中生有"而生出的城市，三年即告竣工。这样，留在高原居住地的匈奴人，便有了他们的最后一次辉煌。赫连将他建立的这座都城叫"统万城"，意即"统一万邦，君临天下"之意。他还将姓氏中这个"刘"字去掉，因为这个刘姓是前些年匈奴汉国的皇帝为他父亲赐的，带有安抚的性质。在去掉"刘"字以后，他以"赫连"为姓，并在"赫连"后边，加上"勃勃"二字，以示张扬。他又把他的国家，称为"大夏国"，因为他认为，匈奴人是中国历史上第一个王朝——"夏"王朝的后裔。

赫连勃勃在修筑他的统万城时，曾经表现出惊人的残忍。统万城的城墙，是用陕北地面出产的一种糯米，熬成汁，掺入泥浆堆砌的。他动用了上万民夫来修筑它。城修好一段后，便让监工来验收。验收的办法很特别，是用锥子来戳。就是说，如果锥子戳进墙里边了，那么说明这墙修得不坚固，于是便杀筑城的民工；如果这锥子没能戳进去，那么说明这城墙修得坚固。如此暴戾的赫连勃勃仍要杀人，这次他杀的是使用锥子的监工。

关于赫连勃勃的事迹，我们知道得并不多，但仅就这个筑城的故事而论，也足以令我们领略这个草原来客的性格，从而也明白了他的政权的不长久是有其原因的。

细细地寻查赫连勃勃的家世渊源，以及这一股潮水最后的走向，也许是一件有意思的事情。

在中国历史上，从三国归晋到隋王朝的建立，这期间300年的时间,在人们的记忆中,一直是一个混乱的、模糊不清的、暴戾的、国家林立的、群雄割据的时代。老百姓把这样的时代称为"乱世"。在小学的历史课课堂上,在中学的历史课课堂上,尽管老师口干舌燥,为我们一遍一遍地讲述那时中国的地理格局,讲述那一个一个名字生疏的国家,但是我们仍然如堕雾中,不得要领,眼前一片模糊。

那个时候被称为东晋十六国时代。

这个时代的出现有两个原因。

一个原因是当时中原统治者的无力。

另一个原因则是,在北匈奴开始他们悲壮的迁徙之后,留在原居住区的南匈奴人,他们正在经历一个烦躁的从马背上走下来的过程。

他们是不安于这种命运的。他们还不习惯于跳下马背,开始在大地上行走。

于是这"潮水"在适当的时间,便掀起了一股滔天巨浪。

这股滔天巨浪就是"五胡乱华",就是汤因比先生所说的那段话:"令人略感意外的是,当匈奴这一股潮水永远地远走他乡之后,留在原居住区的匈奴部落却突然显现出来,甚至占据北中国广大地面,从而部分地完成了他们长期以来对中原文明和定居地区的占领梦想"。

首先掀起第一波滔天巨浪的是匈奴左部帅刘渊将军。

大家知道,三国归晋之后,首先建立的司马氏政权叫西晋。这个西晋，就是在刘渊手中灭亡的。西晋灭亡后，司马宗室在江南新建政权，史称东晋。这一段历史是这样的。

西晋立国不久，皇室内部就爆发了长达五六年之久的"八王之乱"，致使中原地区动荡不安，经济残破不堪，人民四处流徙。广大流民为饥饿和苛政所迫，纷纷揭竿。与此同时，内迁的各少数民族也相继起兵反晋。

公元304年，晋惠帝永安元年，匈奴左部帅刘渊在其辖地左国城（今山西离石）起兵，自称汉王，建国号曰汉。公元311年，永嘉五年，汉国兵破洛阳，俘晋怀帝。公元316年，建兴四年，汉兵再发兵围长安城，晋愍帝献城以降，西晋灭亡。次年，晋宗室司马睿在江南重建政权，史称东晋。

十六国时代就此开始了。

这里有一个有意思的问题。这问题就是，匈奴将军刘渊，将他建立的国家堂而皇之地称为"汉"，这表明了他们对华夏民族的一种认同感。这种情形，和后来的赫连勃勃称他的国家为"大夏"的情形一样。

其实，匈奴民族亦是中华民族的一部分。

黄帝有四个老婆，这四个老婆生了几十个儿子，儿子们则为他又生了为数众多的孙子。后来统一了中国的轩辕黄帝，将天下分成了70多个国家，他的这些儿子和孙子们，则被分封到各地为王。可以说，黄河流域，长江流域，以至岭南，以至云贵，以至南燕大地，甚至，中华帝国四周的星国们，甚至，遥远的阿拉伯世界，他们都有轩辕氏的苗裔存在。

这个说法最早的出处来源司马迁的《史记》。近代于右任先生又将它予以发挥，用白话文的形式重说了一次。

我毫不怀疑，包括太史公当年的叙述和于右任先生今天的叙述，其间都有许多主观的成分在内。即他们的叙述是为"中华各民族大团结""华夏诸族同出一源"这样的思路服务的。

但是我宁肯相信这一点。我们都希望这个古老的、负重的、多灾多难的、历经沧桑的国家，能够更紧地攥合在一起，不给外人留下一点缝隙。

那么，行文至此，我想说，在本文的写作中，我其实也一直延续着先贤们的这种思路。即：书中出现的那些大漠国家，它们都是华夏民族的一部分。不管是南匈奴、北匈奴，不管是大夏王朝、西夏王朝，不管是蒙古人的金戈铁马还是维吾尔人的胡歌旋舞，它们都是中国的，是中华民族大家族中发生的故事，如果要争执，也只是唇齿之争。

而这"唇齿之争"冥冥之中的天意是用农耕文化与游牧文化相结合来打造我们的中华文明。

匈奴汉国建立之后，接下来北中国地面的历史是这样延续的。

公元318年，匈奴汉国主刘聪（刘渊之子）死，大臣新准乘机发动政变。不久，刘曜（刘渊族子）派兵至平阳（今山西临汾），族灭靳氏，夺取政权，并迁都长安，改国号为赵。史称前赵。

次年，汉国的旧臣、羯族石勒在河北自称赵王，都襄国（今河北邢台），史称后赵。

后赵迅速崛起，公元321年到327年，石勒占据了幽州、翼州、并州、青州等，并在东晋大将——那个闻鸡起舞的祖逖死后，收复了黄河以南地区；西边则占领河套平原。这样，其疆域远远大于前赵。

公元328年，前赵刘曜与后赵石勒，在洛阳西展开一场大战。

刘曜兵败被杀。前赵灭亡。

后赵灭前赵之后，进而攻占秦、陇各地。这样，后赵统治范围南过淮河，北达燕代，西到河西，东至大海，成为一个一统北方、国力可与东晋对抗的大国。

然而，后赵在石勒死后，政治逐渐衰败。公元349年，在石勒的继任者石虎死后，石虎的养孙冉闵，乘机控制政权。次年，冉闵杀傀儡皇帝石鉴及其宗室，灭后赵而建魏，史称冉魏。

两年后，冉魏又为前燕所灭。

此时，被逐出山海关外的"六夷"人，在蒲洪的率领下，聚众十万，杀入关内。蒲洪自称三秦王，改姓"苻"氏。公元350年，苻洪被部下毒害，其子苻坚代统其众，并西入关中，占据长安。第二年，苻坚自称天王，国号秦，史称前秦。

公元370年，前秦灭前燕。

公元376年，前秦又灭前凉和代国。

公元383年，苻坚发87万大军南下攻晋，试图统一全国，不料在著名的淝水之战中遭到惨败，从此北方再度陷入分裂、动乱之中。

公元 384 年，前秦羌族豪酋姚苌在渭北起兵，自称万年秦王。

公元 385 年，慕容冲在关东称帝，建立西燕政权，并与前秦在关中地面展开激战。不久，西燕兵破长安，前秦王苻坚在溃逃的路上为姚苌所杀。次年，姚苌攻占长安，即皇帝位，史称后秦。

此后，登上北中国舞台的，就是赫连的大夏国了。

公元 417 年，晋太尉刘裕灭后秦。

公元 426 年，北魏太武帝拓跋焘率兵火统方城。

公元 439 年，北魏灭北凉，从而统一了中国北方。长达 200 余年的割据争战局面，得以结束。

纵观那一个时期，真有一种"制纷纷这世事真热闹""乱哄哄你刚唱罢我登台"的感觉。那走马灯一样的历史舞台上，走过去的这些过场人物，简直让人眼花缭乱。

好在因为这些人物和事件已经进入了史家们的视野之中，进入了碑载文化的炬照下，所以我们今天才有可能较为翔实地叙述它。

不过历史的叙述总是挂一漏万的叙述。中国的正史中，上面谈到的那些短命的国家几乎都被忽视了。他们只注意到了那些胜利者，和偏安一隅的东晋政权。

赫连勃勃的家世渊源，按照延安文史馆馆长姬乃军先生的说法，他是出塞的美女王昭君的直系后裔。

不过这个说法好像没有得到史学家们更多的响应，所以在这里仅仅作为一种说法提出。

史学家们唯一能够解释清楚的是后来的事。三国时期，内迁山西太原的匈奴右贤王去卑，与鲜卑女子婚配，从而产生了一个新的部族，史称"匈奴铁弗部"。

魏晋时期，铁弗部的活动区域在山西雁北一带。十六国时期逐渐迁徙到河套地区。河套地区又称朔方，朔方乃"北方"之意。事实上从那以后，这个部落就在这块地面上称王了。匈奴汉国建都长安以后，刘渊曾经封当时的铁弗部首领刘虎为"楼烦公"，并赐"刘"姓予他。这就是后来这个部落以"刘"为姓的原因。而在匈奴汉国灭亡之后，铁弗部首领刘卫辰投靠前秦王苻坚，曾被封为西单于，管理这一块地面以及左近地区的各少数民族，并在今天的内蒙古鄂尔多斯境内，筑代来城，令其囤聚。这样，铁弗部逐渐强盛了起来。

赫连勃勃正是这西单于刘卫辰的第三子。

史载，公元391年，刘卫辰遣子直力鞮率众攻北魏南部，拓跋珪引兵抵抗，大破直力鞮。魏兵乘胜追击，从五原金津渡河，直捣代来城。代来城被攻破后，卫辰父子出走。后来直力鞮在内蒙古五原河被擒，卫辰则被部下杀死。

侥幸得以逃脱的赫连勃勃，先是逃到鲜卑族薛干部，继而又被高平公没奕于招为驸马，后来又被后秦主姚兴赏识，拜为安远将军，仍令其延续家庭传统，镇守朔方。

后来，赫连得到消息，后秦与他的仇家西魏相通，于是怒不可遏，反出后秦。这是公元407年的事。

在后秦蛰伏了几年的赫连是时已经羽翼渐丰。这时有消息说，柔然可汗杜伦献马8000匹给后秦，于是赫连将8000匹骏马拦路夺去，这样他的军力得以壮大。后来，为了拓展疆域，赫连又以打猎为名，来到老丈人高平公没奕于的辖地（今天的宁夏固原清水河一带），突袭没奕于，尽降其众。接着，马不停蹄，又连破鲜卑薛干等三部，降其众万余人。

这就是这支流亡的匈奴部落，在建立大夏国之前的历史。

统万城筑起来了，刘赫连也丢掉这个"刘"姓，易名赫连勃勃，开始他的霸业。

赫连勃勃之所以选择这三边地面建立都城，除了有陕北黄土高原可为屏障，辽阔的毛乌素沙漠可为腾挪迂回之地，富庶的河套平原是其后方，黄河对岸的山西太原是其老巢这些地理原因之外，其实在这里筑城修寨，还有一个更重要的原因，这原因就是我们上文中提到的秦直道，它就在统万城的旁边。

这也显示了赫连勃勃的野心。具有战略眼光的他，准备在适当的时候，进攻中原。

凭借这条道路，赫连轻而易举地攻陷了陕北高原腹心城市延安，并将延安设为陪都，称"小统万城"。

一种说法认为，早在修筑统万城之前，延安已经被赫连攻陷。那时的延安名叫高奴，后秦在城东延河下游20里的地方，筑三座连城，号称"后秦三城"。笔者曾经到那里考察过，三座城市互为掎角之势，如今那城墙的残垣断壁还在。

继而，赫连勃勃铁骑所向，直指千古帝王都长安。

公元 417 年秋，晋太尉刘裕灭后秦。刘裕东还后，赫连勃勃乘机攻占长安。

赫连勃勃将长安城亦设为他的陪都，也称"小统万城"。

据说，赫连攻占长安城以后，大臣们曾劝他迁都长安。但是，这位草原来客拒绝了这一建议。他觉得自己的性格和这里的农耕文化传统格格不入，四方城窒息的空气他也无法忍受。

郝连遂留太子璝镇守长安，自己则又回到了统万城。

半年以后，长安城失守。

那一阵子，大夏王朝达到全盛时期。赫连勃勃铁骑所向，统万城四面八方的割据势力，望风而降。大夏国的版图囊括了整个陕北高原、整个鄂尔多斯高原、渭水以北的大半个关中平原、整个河套地区和腾格里沙漠、整个陇东高原（包括平凉、天水这些城池），以及包括太原在内的大半个山西。以一座塞上孤城为出发地，完成他的对北中国的占领梦想，赫连成了中国历史上深深刻下印记的一个人物。

大夏国是怎么衰败的呢？

赫连称帝后，他的儿子们便为争夺皇位继承权而展开了相互残杀。

公元 424 年 12 月，赫连废太子璝而立少子伦。赫连璝闻知后，率领七万余人攻袭赫连伦的驻地高平（今宁夏固原），伦兵败被杀。继而次子赫连昌攻杀赫连遗，并其众 85000。赫连勃勃遂立昌为太子。

公元425年,一代枭雄赫连勃勃死去。

这时,由于勃勃诸子相互攻杀,大夏国力已大为削弱。赫连昌即位的第二年,北魏大举进攻夏国。是年冬,北魏太武帝拓跋焘亲率两万轻骑,突袭统万城。昌仓促迎战,城虽未破,但大夏国损失惨重,元气大伤。

下一年,北魏发兵十万再攻统万城。这个旷野上的城市,这次终于不保。兵败的赫连昌弃城而逃,逃到甘肃的天水。北魏十万大兵纵火焚烧,将统万城夷为灰烬。这座显赫一时的辉煌都城,从此从地图上消失。

次年,魏攻天水,擒赫连昌。

嗣后,昌的弟弟赫连定仍然率领残部,在陇东高原上左盘右突,苟延残喘。奈何这个名曰"铁弗部"的匈奴部落,气数已尽,最后,赫连定被位于今天甘肃、青海、宁夏接壤处的一个叫"吐谷浑"的少数民族擒获,后被北魏杀于今天的山西大同。而大夏国的版图,是时则尽归北魏。

于是乎,威震一时的大夏政权从此彻底灭亡。

于是乎,只在今天陕西省靖边县境内留下一座古城的残骸,任人凭吊。

这凭吊者中间也有脚步蹒跚的我。

不久前,在刚刚过去了的那个冬天里,我因有事去了靖边。那里现在成了中国和世界的特大油田和油气田。举例说吧,北京、上海、天津、西安、银川人家里用的天然气,就是从那里输送出去的。那里还是天然气的一个总闸门,将来,新疆境内的天然气,输入内地,也将从这个总闸门分配出来。再将来,俄罗斯西伯利亚的天然气,一旦进入中国,也将从这个总闸门经过。

寒风凛冽,地下落着淡淡的雪。冬天的太阳像一枚红色的硬币,停驻在这块旷野的上空,停驻在那蜿蜒长城的烽燧之巅。我向当地的主人提出,想到"白城子"去看一看。他们说落雪了,沙漠里的路不好走,还说,那里正在修路,要开辟成旅游区,到时你再来吧!

可是我不能不去。

这是最后的匈奴人,留在中华大地上的最后的纪念地,有凭有据的纪念地,所以我是一定要去看一看的。

这样,我来到了昔日的统万城,今日的"白城子"。

1998 年 2 月

成吉思汗的『上帝之鞭』

南宋王朝这辆破车，早该散架了。仅仅凭一种历史的惯性，它才又踉踉跄跄地行驶了那么多年。它已不可避免地要灭亡了！历史留给我们的悬念仅仅是：它会灭给谁！或者用帝王家自己的话说：这一颗好头颅，不知道要被谁割了去？！

它将亡给一个马上民族。

这个高大威猛的东方民族这时候已经被封建儒家文化禁锢得从巨人变成侏儒。女人被缠脚，这是有形的。男人则被禁锢了思想，这是无形的。程朱理学的先生们在一个叫岳麓山的地方侃侃而谈，坐而论道，那是多么可笑啊！千疮百孔的宋王朝是谁也救不了的，无论是忠贞刚烈的杨家将，或是整日做着"收拾旧山河"之梦的岳飞，或是"把吴钩看了，栏杆拍遍"的辛弃疾。那个时代中原大地上出现过多少优秀的人物啊！但是，谁也救不了谁。而就他们自己来说，用一句话来总结他们的命运最合适，那就是"生在末世运偏消"。

南宋王朝即将被一股强健的、暴戾的力冲击。

或者是契丹辽国，或者是来自白山黑水的金国，或者是起自大漠深处的元朝，他们都有取代南宋入主中原的理由和实力。而实际上，如果不是他们之间的战争，南宋早就被其中之一鲸吞入腹中了。

元帝铁木真在与辽国的对局中，在与金国的对局中，每一座城池的争夺，其战斗都残酷得令人咋舌。他们之间完全是强强对话。我曾经看过北方一些地方志，这些志书几乎都用"血流漂杵"这个词语来记载当年的残酷战争场面。每一个少数民族政权的军事实力都是偏安一隅的南宋王朝所无法比拟的。

成吉思汗是在打败了西夏、打败了辽国、打败了金国、铁蹄横扫欧亚大平原以后，最后才吃掉南宋这块口边的腐肉的。这就是在中国正史上，南宋这个偏安王朝，还能滑稽地苟延残喘那么些年的原因。

农耕文化和游牧文化，这哺育中华文明成长的两种文化，在那个年代完成了又一次交会。

这是一个历史的十字路口。

"我们不知道的部落来了！没有人知道他们是什么人，他们是从哪里来的——只有上帝知道他们是什么人！"这是当成吉思汗的铁骑抵达莫斯科城下的时候,一位俄国历史学家的惊呼。

相信在当时的世界上,许多国家的许多人都这样惊呼过。

当他们早上一觉醒来,睡眼惺忪,登上城堡,偶然一看时,顿时惊呆了。只见在城外,像聚集一团又一团乌云似的,布满了蒙古大兵。马在嘶鸣,剑在骑手的手中虎虎生风,马蹄的蹄铁焦急地砍着土地,等待冲锋的信号。他们是谁?是天外来客吗?

翻开大蒙古地图,我们看到,它那时大约占据了世界三分之二的开化地区,除了西欧以外,除了一部分的印度、一部分的非洲以外,除了尚待开发的美洲以外,蒙古人差不多用它的马蹄,把这个世界重新犁了一遍。

中原大地成为蒙古国的大汗领地。辽阔的西域成了蒙古国的察合台汗国。现在的庞大的俄罗斯成了蒙古国的金帐汗国。而两河文明的发源地波斯湾,那时是蒙古国的伊尔汗国。

世界在蒙古军队到来之前和到来之后,完全成了两个样子。正如汤因比所说,是成吉思汗把东西方世界联系在一起的,是成吉思汗把各文明板块联系在一起的,是成吉思汗把静止的割据的局面打破的。

以俄罗斯为例。

在成吉思汗到来之前,俄罗斯的原野上散布着许多小公国,他们一个城堡就是一个国家,一条河的流域就是一个民族。这时成吉思汗的铁蹄来了。他把他们统一在了一个叫金帐汗的蒙古王国里,而在金帐汗国慢慢地衰落之后,在莫斯科,从这个蒙古国的废墟上,俄罗斯大公国诞生了。它成长为一个大国。

成吉思汗完全敢这样说,这个世界是可以以他来划分的,即他没有到来的阶段和到来之后的阶段。

当你在西域大地上行走的时候,你发觉,大地上的所有那些重要的地理名称,都是以蒙古语来命名的。在那时候你能强烈地感觉到,成吉思汗的印记是如此深刻地楔入历史深处和大地深处。

阿尔泰山第一高峰叫"奎屯山",这是成吉思汗为它命名的,意思是"多么寒冷的山",东西走向的阿尔泰山,至这里,结成一个海拔4374米高度的冰疙瘩,寒光闪闪地横亘在中亚细亚地面,威严、圣洁、厚重。

奎屯山在成吉思汗之前叫什么名字,我们不知道。我们只知道名字自他开始。而在"奎屯山"之后,由于它成为中国、苏联、蒙古国三国的交界处,因此在盛世年代,易名"友谊峰"。中苏两国交恶,于是友谊峰再次易名叫"三国交界处"。20世纪末,它又恢复"友谊峰"这个称谓了。而在2000年版的中国地图上,它又恢复成吉思汗为它命名的"奎屯山"这个称谓了。为什么恢复?大家是不是觉得这个名字更威严大气一些!

奎屯山的西侧,是一个30千米长的大峡谷。这大峡谷自峰顶向西,连转六个弯子。奎屯山消融的雪水,在这六个弯子中积水成湖,于是形成六个清澈幽蓝、寒气逼人的湖泊。这六个湖泊是连在一起的,像一串项链。

湖泊的名字叫喀纳斯湖。它的名字亦是成吉思汗给起的,意思是"美丽的湖泊"。

而"阿尔泰山"一词,也是蒙古语,它的意思是"盛产金子的山"。

如果不身临其境,你永远也无法想象,这些高山、湖泊、草原、河流有多么高贵和美丽。高大挺拔的西伯利亚冷杉、西伯利亚云松、西伯利亚落叶松与山峰同高,它们在中亚梦幻般的阳光下闪现着挺拔的身姿。湖边的草地上开满了野牡丹花,而在每一株野牡丹花的旁边都伴生着冬虫夏草。图瓦小姑娘背着背篓,穿着裙子,正在草原的深处采野草莓——野草莓密密麻麻地布满了草原,将大地染成朝霞的颜色。

喀纳斯曾是成吉思汗的军马场。

如今,他的那些养马人的后裔还在。他们是蒙古族中的图瓦人部落。

这里是成吉思汗率领蒙古大军,踏上征服世界的道路所开始的地方。成吉思汗率领他的庞大的帝国军队,在这里休整了三年。而后兵分两路,一路穿越奎屯山冰大坂,一路打通伊犁河谷,然后两支部队成钳势攻势,直扑欧亚大平原。

阿勒泰城的旁边,额尔齐斯河北岸,有个平顶的石头山,叫平顶山。据说,成吉思汗就是站在这平顶山上,召开西征誓师大会的。

而在天山与阿勒泰山的夹角,赛里木湖湖畔,有一块美丽的草原,叫"博尔塔拉"。

"博尔塔拉"的意思是"青色的草原"。据说,这里是蒙古族土尔扈特部落回归祖国以后落脚的地方。当年西征的一支队伍,在东欧平原停驻了几百年以后,突然思念起了家乡,于是他们一路打仗,开辟了一条道路,又回到了故乡。清朝政府把他们安置在这一块青色的草原上。

我曾经在赛里木湖畔小住过几天。这个湖泊的水是咸的,据说它与遥远的里海的水是相通的。湖水在白天的时候,湖面的色彩随着太阳的色彩、乌云的色彩、天山山峰的色彩,随时变化,一会儿整个湖面闪耀着银光,一会儿变成幽蓝色,一会儿又变成乌黑乌黑的颜色。四周的天山峰峦,像高擎的手掌,伸开五指将这座山顶湖泊高高托起。

最美丽的是太阳将要从天山的那一面落下去的时刻。

落日通红,太阳透过垭口和伟岸的塔松,将它圣洁的光像探照灯一样斜射过来。整个湖面笼罩在一片如梦如幻的红光中。湖边零零散散围湖而设的蒙古包和哈萨克毡房,冒着一股股炊烟。吃饭的时候到了,毡房或蒙古包门口,每每可见有老太太或老大爷,在地上铺块毡子,正虔诚地跪在那里,面对太阳落下的方向,双手合十,一边深深地叩头,一边嘟嘟囔囔地祈祷。

而乘着晚霞归来的牧羊人,正在唱歌。一边唱一边用马鞭轻轻地磕击着马镫。

他先唱一首《美丽的博尔塔拉》:

在那阿勒泰山辽阔的地方,在赛里木湖环绕的地方,有一座美丽富饶的城市,那就是我那可爱的家乡,美丽的博尔塔拉。啊……啊……那就是我那可爱的家乡,美丽的博尔塔拉。

唱完一首《美丽的博尔塔拉》,骑手还有意犹未尽之感。这时,看见草原深处那像一条银色的带子一样的克鲁伦河。正缓缓地,如同蜜汁一样流过,骑手于是又即兴唱起关于它的歌。

古老神奇的克鲁伦河,从这里缓缓流过,神奇地滋润着茫茫草原,在这里有多少美好的传说。千折百回一路歌,祝福草原多么绿色,日月伴你向前方,留下千秋无量功德。

"日月伴你向前方,留下千秋无量功德"这结束句,是用浑厚的长调唱的。一位诗人说过,你要知道蒙古人的长调有多长,告诉你吧,它和一个人的一生一样长。现在,正是在这样的长调中,牧人回到了家里。家中的祈祷已经结束,手抓羊肉和奶茶已经摆在帐篷外的方桌上了,于是人们开始用晚餐。

而夜,慢慢地深了。

草原之夜像海一样深沉、静寂、安详。大地一呼一吸,吐绽着芬芳。群星像野花一样布满了天空。哦,忘了告诉你了,这里不远处，穿过成吉思汗西征大军开辟的果子沟，沟的那边，伊犁附近，就是那首著名歌曲《草原之夜》的诞生地。那地方叫"可克达拉草原"，最早曾是成吉思汗大军集结和西征的大本营。

上面我仅仅谈的是一些居住着西征军后裔地面的蒙古语命名。读者读到这里的时候，千万不要产生误会，以为这些蒙古语命名只存在于那些光荣的后裔们居住的地方。不是这样子的，蒙古语命名存在于欧亚大平原上那些广大的山川河湖、村镇城乡中，作为叙述者的我本来想一口气列举出许多个，谁知道自己像贪恋草原景色的马儿一样，仅仅只说了几个，就陷入了进去，以至于说了那么多。那么下面简说。

闻名遐迩的罗布泊，它也是蒙古语。蒙古人叫它"罗布淖尔"。"淖尔"是"湖泊，海子"的意思，所以现代人将它简称为罗布泊。不过"罗布淖尔荒原"这个称谓现在还叫。

罗布淖尔荒原与吐（鲁番）哈（密）盆地中间，隔着一座东西走向的大山。当我从这座山的一个垭口穿过时，我问随行的地质队员这山叫什么名字，他们说这山叫"库鲁克塔格山"，而旁边靠近迪坎尔绿洲的山，叫"觉罗塔格山"。"库鲁克"是蒙古语"干"，"塔格"是蒙古语"山"，这样我们知道了，这座山叫"干山"。"觉罗塔格山"是什么意思呢？我当时也问过，可惜没有记住。

"呼图壁"这个有些怪异、有些凶险的地名，30年前我曾在那里住过一夜。谁给这荒凉空旷的地方起了这么一个名字呢？后来我知道了，它是蒙古语"高僧"的意思。在那遥远的年代里，真的曾

五谷神

日出而作日入而息耕田而食
掘井而饮帝力于我何有哉
中国文学的第一件作品生发
据汉画像石碑画出

高建群辛巳秋作于西安

有一位像武侠小说中所描写的蒙古高僧，在这地方修炼或者布道过吗？我们不知道。因为历史仅为我们留下了这么一个地名而已。

横贯河西走廊的山脉叫"祁连山"，"祁连"亦是"天"的意思，所以它又称"东天山"。而乌鲁木齐则是"美丽的牧场"的意思。

例如俄罗斯境内的"喀山""克里米亚"等，它们都是蒙古语命名。

2000年秋天在新疆乌鲁木齐，我遇见六个面容枯瘦、衣着朴素的旅客。递过名片，我知道他们是来自中国台湾，一个名叫"山河探险——寻找成吉思汗西征足迹考察团"的民间团体，其时正准备用三年时间，将那一段历史徒步走遍。

他们告诉我说，先前他们已经在蒙古国境内走了半年，而这半年，是在中国境内走的。最近则是从喀纳斯湖方向回来。接着，他们的行程是从中哈边境吉木乃口岸出境，继续往前走。

他们中有蒙古族人，也有汉族人。

我问他们，那一段历史已经十分久远，你们能找回来多少呢？领队扬了扬手中的地图说，有这张地图，除此之外，还有比历史记载更准确的，那就是大地的记载，只要你寻访着那些有蒙古语命名的地方走，就肯定错不了。

听完这话，我在一瞬间觉得成吉思汗这个历史人物真了不起，他是不朽的。那些地名像纪念碑一样，是他所以不朽的最可靠的保证。

这些人后来果然用三年时间走完了全程。

我是在今年春节时收到一张从中国台湾寄来的贺卡后知道的。领队在贺卡上说，对我给予他们的支持表示谢意。我记不清同样是在旅途中的我，给过他们什么支持了，因此对这话有些不解。后来才想起，我给他们写了一幅字，叫"追寻着成吉思汗的马蹄印"，他们后来的路程，就是举着这幅字走过的。

这个骑手那博大的灵魂，将会安歇在大地的哪一处呢？

这地方应该是一块青色的草原。在草原上，有牛羊在安详地吃草，马群则长长地嘶鸣着，像风一样掠过，鲜花在每年春天，应时开放，日月星辰轮回地照耀着它们。

仅有草原是不够的，还应当有一块与天空一样辽阔的大漠，横躺在他身边。黑戈壁、红戈壁、白戈壁相杂在大漠之间，高高低低的沙丘分列左右。

而仅有草原和大漠还是不够的，还应当有一座大青山，闪烁在视野可及的地方。

然后，这个疲惫的骑手，像回到家后，在那里安睡。

这是在没有见到成陵之前，我为这位叱咤风云的一代天之骄子所设想的安歇之处。想不到的是，我的设想竟和看到的完全吻合。

出明长城线上的塞上名城榆林，便进入鄂尔多斯高原和毛乌素沙漠里了。过窟野河边的神木县城，过红碱淖，但见铺天盖地的黄沙扑面而来，眼底空旷、寂寥。高高的天空中，偶尔有雄鹰的影子一掠而过。当汽车不经意地攀上一个沙丘时，突然，在沙丘的怀抱中，有一块狭长的平坦的草原，而草原的深处，有三顶白蘑菇般的蒙古式帐篷。

这三座穹庐式的建筑就是成吉思汗的敖包。

穹庐建在一座矮矮的山冈上。虽然山不高，但是由于四周都一马平川，而这里是唯一的一个制高点，所以，穹庐倒也显得伟岸、肃穆、醒目，几十里外都能看见，而且要仰视才行。

这里是内蒙古自治区鄂尔多斯市伊金霍洛旗地面。伊金霍洛旗的蒙古人，自成陵修筑之后，就居住在这里，开始一代接一代地做守陵人。三个穹庐式建筑，迎门且居于正中位置的这座，是成吉思汗灵寝搁放的地方，后面的两座，则是他的两位王妃的。正庭大殿里放着成吉思汗用过的马鞍、马鞭，蒙古军西征时驾驭的勒勒车等，墙壁上则挂满了画像。这些画像除大汗之外，还有他的那些封王封侯、南征北战的儿孙们，例如元成祖忽必烈，例如前面提到的金帐汗国的国王、伊尔汗国的国王、察合台国的国王等等。他们都排列在大汗之侧，好像正在召开一个家庭会议似的。

成吉思汗和妻子的棺木，则在后殿的一个密室里停着。

酥油灯长明不熄，一种淡淡的焦糊味弥漫在空气中，从而给人一种恍惚的感觉。从大门到正殿，要走过一段长长的台阶，大约有200米长吧！这200米的距离足以让人收拢思绪，做好走进历史空间的思想准备。

在正殿的大门口，通常坐着一个有了一把年纪的看门人。他恭迎着每一个人。当他静静地一个人坐在那里的时刻，内心和外表，都表现了一种宁静安详的状态。

正是这个看门人，给我讲述了一些关于成陵的故事。这些故事在此之前，我从来没有听说过，它们也许该是《蒙古秘史》的一部分。

大汗在攻打西夏王都兴庆府时中箭，一个月后箭伤不治，死于甘肃省清水县。攻城的元军在破了兴庆府、灭了西夏之后，他们接下来做的一件事情，就是将大汗的遗体装在灵车上，翻过六盘山，穿过鄂尔多斯高原，运往故乡地——元旧都哈拉和林。

途中，在鄂尔多斯高原上，如今这建筑成陵的地方，运送灵车的队伍与一支不明身份的庞大队伍相遇。他们抑或是辽，抑或是金，抑或是吐蕃或回鹘，不得而知了。总之这支运送灵车的队伍面临危险。

这时候他们决定将装殓着大汗遗体的棺木，先埋在地下，战事结束后再来搬迁。

棺木埋好以后，他们的心放下来了。但是接着又出现了一个难题。四周空荡荡的，没有任何地形地貌作为标志，倘若以后来寻找的时候，怎么才能找到呢？这时候他们想出来一个办法。

随队伍一起行进的，往往还有牛群。母牛的奶水是他们行军打仗的补给，公牛是驮牛，士兵们用它来驮载帐篷辎重之类。于是士兵们从母牛群中，挑选了一只带着牛犊的母牛。把那牛犊从母牛的奶上摘下来，杀死在埋葬大汗的那块地面上。然后，士兵们投入了战斗。

第二年春天的时候，这块地面的战事平息了。士兵们领着那头母牛，来到这一块草原上。

草原上这时候青草已经泛绿。士兵们放了缰绳，让母牛在这一处地面上寻找。

母牛在草原上转悠了很久。终于，停在一块绿草茂盛的地方，四蹄跪倒，双目流泪，哞哞地叫起来。

士兵们刨开地面，看见了大汗的棺木，正安安静静地躺在那里。

蒙古人于是决定不再搬迁了，就在这一块地面上就地起陵，让这位骑手永远地躺在鄂尔多斯高原和黄河母亲的怀抱里。

这是看门人讲的第一个故事。

而第二个故事也是关于这棺木的。

抗日战争期间，中国政府担心成陵会落入侵华的日本军队之手，于是做出了一个大胆的决定：把成吉思汗的灵寝，从成陵搬出，经榆林、延安，运往陕北高原南沿的黄帝陵藏匿。

这事后来经过周密的安排，被稳妥地实行了。

这样，成吉思汗的灵寝曾在黄帝陵下面的黄帝庙中藏匿了好多年，直到抗日战争胜利，灵寝才又经原路运往原处。

这事当时是最高国家机密之一，因此，世人不知。

第三个故事亦是关于这棺木的。

20世纪50年代初，乌兰夫曾经来拜谒成陵。那时，这位看门人还是一个年轻人。参观途中，乌兰夫说，他有一个请求，不知道说出来合不合适。看门人说："有什么你就说吧！"乌兰夫迟疑了片刻说，他想打开棺木看一看，不知道行不行。

看门人也迟疑了一下，最后说："你当然可以看！"

这样，屏退左右，乌兰夫走进了停放棺木的那间密室。

这停放在成吉思汗陵密室里的棺木中，到底是装殓的大汗本人的遗骸呢，还是只是一个衣冠冢，或者是像民间传说中的那样，放着成吉思汗的两个马镫？这一直是一个谜。

这情形，正如黄陵桥山那一抔黄土下，到底埋的是轩辕氏的真身呢，还是仅是一个衣冠冢，或者如民间传说的那样，是一只靴子呢？（传说：轩辕黄帝乘龙飞天的时候，臣民们拽着他的一条腿不放。但是轩辕氏还是飞天走了，臣民们只拽下来了一只靴子。当代有一位青年诗人说，自从黄帝丢失了一只靴子，从此历史就一瘸一瘸地前进！）这真是一个谜。

"那么，乌兰夫在打开棺木以后，看到了什么呢？是真身吗？"我问。

看门人说，乌兰夫在走出密室之后，神色严肃。他也问了一句和我上面那同样的问话，但是，乌兰夫什么也没有说。而他，也就不敢再问了。

乌兰夫是这个世界上，唯一有理由打开和曾经打开过这棺木的人。而如今，随着他的作古，这个秘密则还作为秘密继续存在着。

在依依不舍地告别成陵时，我在陵下的那个伊金霍洛旗的小商店里，买了一把蒙古式的弯月牛角刀和一根马鞭，作为纪念。那刀的刀鞘是用长长的弯弯的牛角做的，骑马时挂在腰间最合适。鞭子则是牛皮做的著名的成吉思汗"上帝之鞭"。售货员是一位面色黑红脸蛋俊俏的蒙古族姑娘，名叫乌日娜。当我从她手中接过马刀和马鞭的时候，我突然感到，当年那些勇猛的蒙古骑士，大约就是在一个早晨，这样地接过女人们递给他们的马刀和马鞭，从而踏上征服世界的征途的。

2003 年 5 月

赫连勃勃长什么样子？

匈奴民族退出历史舞台前的天鹅最后一唱，建立大夏国帝都统万城的赫连勃勃，作为一代枭雄形象，大恶之花形象，似乎已经在中国史书上定格。我在写作《统万城》的时候，书中插了 12 幅图。我在为赫连勃勃造型时，参考了一些当地文史资料，将他描绘成一个头戴盔帽、身披锁子甲、阔脸庞、圆睁豹眼、胡须杂生的草原来客形象。说到胡子，这里啰唆两句。"胡人"是农耕民族对那些草原来客的泛称或统称。"瞧呀！长城线外来了一群骑在马上的，面目不清，长着串脸胡的人！他们从哪里来？不知道！他们姓甚名谁？不知道！"于是大家懒得动脑子，于是大家将所有的游牧人叫作"胡人"！

赫连勃勃其实是一个美男子。这是出塞美人王昭君的直系后裔。身家出世是匈奴人与鲜卑人婚配所生的匈奴铁弗部的后裔。他的父亲是朔方王刘卫辰。在我的想象中，他身材高大，达到八尺往上（史书上说八尺二寸），身板笔直，前庭饱满。他的肤色应当很白，像羊奶的奶白色。他的眼睛不是张飞式的金刚怒目的豹眼，而是吕布式的丹凤眼，双眼皮甚至三眼皮。那脸上有一种很柔的光，恍若妩媚女性，且散发着富贵气。长腮帮，应当在最初见后秦皇帝姚兴时，腮边、脸唇上有些淡淡的胡须。

我之所以这样推断，从而舍弃自己写《统万城》时的想法，是因为参考了两个见过赫连勃勃的人的话语。面见时，赫连勃勃惊人的面貌，以及谈吐举止让他们印象深刻。换言之，这是他们同时代人眼中的赫连形象。这两个人可都是国君，一言九鼎的人呐！

一个是后秦皇帝姚兴。公元401年的这一天，长安城发生了两件大事，有两位高人，一位自西方而来，名叫鸠摩罗什，历九九八十一难，耗时近20年，自龟兹国抵达长安城。一位自北方而来，是朔方王的儿子，满门被灭于代来城，于是取道大河套地面，亡命投奔姚兴，他正是赫连勃勃。

姚兴在南城门楼子上设宴（那时长安城的南门是明德门），先见鸠摩罗什高僧。这位西域第一高僧仪态万方、玉树临风，令姚惊叹不已，遂拜他为国师，安置在皇家寺院草堂寺。

再见赫连勃勃，他大约又用了"仪态非凡、一表人才"这两个词。用完后觉得意犹未尽，又说了"惊为天人耶！吾不如耶"！这几个字，遂拜赫连勃勃为安远大将军，镇守大河套。姚兴的弟弟提醒姚兴说:"这人有大志,绝非蓬间之雀,恐怕将来夺你天下者,会是这人!"谁知姚兴听了,恼道:"我为这人而着迷,我愿意与他共享天下!"

是什么样的人格魅力,令姚兴的眼目被遮住了呢?我们只知道的是,赫连勃勃确实是一位极美的美男子。而类似这种美男子的特征,我们今天在很多陕北男人身上都能看到:高大,俊美,脸上线条分明,贵族感。我在写这段文字时,想到许多陕北朋友。

另一个为赫连勃勃仪容风姿所倾倒的是南朝刘宋的开国皇帝刘裕刘寄奴。刘裕作为东晋大将,在灭掉后秦姚兴的继任者姚弘,占据长安城以后,曾想率领大军,顺势再灭了草原帝国大夏,后来他来到统万城,见到赫连勃勃后,想法变了。见到如此俊美非凡、风华绝代的男子,他不忍心与他发生战争。刘裕大约也脱口而出,说了"惊为天人,吾不如耶"这句话。而勃勃也竭力逢迎,指着正在修筑的统万城的南门说:"这门将来叫朝宋门,臣勃勃愿意日日清晨,太阳初升之际,面南而拜,永不反宋。"而后来刘裕离开时,赫连勃勃单腿跪下,充当垫脚石,令刘裕将军踏着他的脊背上马。这样,刘裕彻底打消了灭掉大夏国的念头,回去结束东晋,建他的宋国去了。

史书是不可信的。史书上说,暴戾的赫连勃勃,他修筑统万城时死了十万民夫。这些民夫死后便被顺便打进城墙里了。现在,专家们已经挖掘统万城遗址许多年了,还没有在城墙里见到一块人的骨头。有一点零散的马的骨头、牛的骨头、羊的骨头,经测定,那是人们食用后的废弃物。

赫连勃勃后来兵发两路，占领长安城。而后，在白鹿原（当时叫灞上）称帝。有一个三朝京兆尹，为这登基大典大唱颂诗。这颂诗大约有些肉麻，叫勃勃恼了。赫连勃勃叫人，将这京兆尹四肢捆了，装进一个麻袋里，再扎紧口儿，扔到滚滚灞河里去了。他在解释杀死这位京兆尹的原因时说："文人的口，你不敢信。如今我是胜利者，那么，他们把天下最好听的话说给我听。如果我是失败者的话，他们会把天下所有的脏水都泼给我。"

这京兆尹叫韦祖恩，是长安老户。史书上说到这事，言之凿凿。而如今在灞上，有五个以赫连为姓的村庄。三个在蓝田，两个在长安。我问村人："你们祖上是统万城被破以后，逃亡到这里的吗？"他们说不是，人主灞上称帝以后，长安城毕竟是大地方，他们的祖辈不愿意跟他回去，于是就在这里安顿下身子。算起来，这已经是 1600 年前的事情了。

赫连勃勃将长安城定为陪都，叫南京、南台。将他的统万城叫北京、北台。在登基仪式结束后，令儿子赫连昌守城，他就自个儿回陕北去了。

他是骑一匹黑走马离开的。那个骑一匹黑走马的草原来客形象，就这样永远地定格在历史空间里了。他告别时候潇洒地一挥手，说了八个字。这八个字里"琴书卒岁，归老北方"。意思是说：抚着琴，翻着书，我打发着岁月，在北方故乡的怀抱里一天天老去！

2019 年 11 月

走失在历史迷宫中的背影

贺兰山的风很硬。已经是3月了，四周还没有丝毫的绿色。触目所见，眼底都是破败的痕迹。七个土黄色的冢疙瘩，就在这贺兰山脚向阳一面的黄土地上。中国历史上一个闻名遐迩的王朝，就这样消失了——国家消失了，种族消失了，文字消失了。唯一给这大地上留下最后一点痕迹，或者说是最后一点纪念物的，就是这些无言的冢疙瘩。

宁夏人把这些冢疙瘩叫西夏王陵。

作为一个旅游开发项目，宁夏人把那业已泯灭在历史路途的西夏王朝，称作"披着神秘面纱的王朝"，把这贺兰山下的土黄色的冢疙瘩，称作"东方金字塔"。

在那个寒风飕飕的早晨，是一个名叫李范文的西夏文专家，陪同我们去看西夏王陵的。李先生编撰了一本《夏汉字典》。他是目前这个世界上，唯一能认得西夏文字的人。为认识这些字，他用了大半生的时间。他是将这些文字用汉文对照，用梵文对照，用金文对照，用蒙文对照，逐步地悟觉出这些字的书写规律的。当然，为他提供破译便利条件的还有宁夏境内一座佛塔上那些夏汉文字并用的铭文，黑城地面出土的一块石碑，以及俄罗斯圣彼得堡国家博物馆收藏的当年一位俄国将军从黑城掠去的西夏文物。"西夏文字是西夏王李元昊时创建的，是元昊收容了一批从中原跑到西夏的汉文化人创建的，它比汉字更烦琐些，或者说，是在烦琐的汉字上又加了些笔画而已！"李教授说。为了加强他的说法，李教授还在我的记事本上，写下西夏文"常乐"两字。字形有些怪异，鬼气森森地，虽然一横一竖、一撇一捺都还是汉字的用笔，但是和汉字"常乐"二字比起来，似乎并看不出渊源关系。

西夏王元昊创建文字，古书中有记载的。第一次记载这事的是元昊的同时代人，北宋的科学家沈括。沈括在《梦溪笔谈》中，记载了一个叫"野利仁荣"的党项人，受西夏王元昊的指派，独居一楼，创造番书的经过。

这古老的文字，当它复活时，会是一种怎样的神奇呀！当李范文在这个寒风飕飕的早晨，面对西夏王陵，吟咏出那首名叫《夏圣根赞歌》的西夏古歌时，顿时让人感到那消失了的历史恍如昨日，让人疑惑在这咒语般的歌词中，冢疙瘩中的那些过去年代的英雄人物，是不是会冉冉走出，用他们褪色的嘴唇向 21 世纪微笑。

年迈的戴着近视眼镜的李范文教授，张开双臂，这样吟唱：

黑头石城漠水畔，赤面父冢白河上，那里正是歼药国。才士高，十尺人，马身健，五彩镫。

我们久久沉浸在李先生为我们描述的那古歌的意境中。冢疙瘩在我们的旁边，神秘、冷漠、安静、无言，正像那地球另一处的埃及金字塔一样。贺兰山蜿蜒横亘，黄河在远处发出疲惫的叹息。

李先生是用汉语唱的。"如果用原汁原味的西夏文发音来诵出，那也许更具魅力。但是，西夏文的发音现在谁也不知道了。能将这种死文字破译出来，已经是勉为其难的事情了。至于发音，那时候又没有录音机可以记载，谁能知道那时期西夏文字是怎么发音的。"李先生说。"这个世界上，目前还没有一个人能寻找到西夏文的发音，就连寻找它发音的途径也无法找到！"李先生又强调说。

西夏王朝从公元1032年李元昊称帝开始，到公元1227年为成吉思汗所灭，共经历了十个皇帝。如果我们愿意为这贺兰山下的冢疙瘩寻找到它的坟主的话，那么，这十个皇帝依次是：

西夏帝系表：

①景宗李元昊（1032—1048）→②毅宗李谅祚（1049—1067）→③惠宗李秉常（1068—1086）→④崇宗李乾顺（1086—1139）→⑤仁宗李仁孝（1140—1193）→⑥桓宗李纯佑（1194—1206）→⑦襄宗李安全（1206—1211）→⑧神宗李遵顼（1211—1223）→⑨献

宗李德旺（1223—1226）→⑩末帝李睍（1227）

上面这个表，是正史，是《宁夏通史》告诉我们的。不过在谈到这个"西夏帝系"时，亦应谈到元昊的父亲李德明、祖父李继迁。正是在李继迁手中，这个家族开始称"西夏王"，在宁夏地面拥兵自重，而李德明又延续父业，为西夏立国建下了基础。待李德明在征吐蕃时战死后，元昊即位称帝。

有意思的是，又过了几个世纪之后，这个李姓家族，还出过一个帝王，这就是斯巴达克式的堂·吉诃德式的陕北英雄李自成。

李自成是陕北地面米脂县桃镇李继迁寨人。如果要刨老根的话，这块地面也许正是这户李姓家族的老巢。李继迁起事于此。当西夏王朝为成吉思汗所灭，国家、民族、文化都消亡以后，失败者又回到了他们祖先居住的地方，隐姓埋名，以防迫害，继续生存下去。记得，李自成兵败九宫山之后，当时陕北地面的一个大文化人曾经作过一首《李自成咏》，诗说："姻党当年并赫扬，远以西夏溯天潢。一朝兵败防株累，尽说斯儿起牧羊。"这首诗前两句说，李自成的远祖是西夏王李继迁，后两句说，李自成兵败以后，陕北地面李继迁寨的李姓人家，害怕受到株连，于是说彼李家非此李家，这个李自成是陕北草地上的牧羊人，是从西夏那边来的。

历史虽然是个迷宫，但是，有时候我们只要能找到一点线头，仍然能从其间理出一丝头绪来。

这户李姓家族原来不姓李，他姓拓跋。大约在唐时，李唐皇帝赐给他姓李，而在宋开国之后，宋太祖又重复再赐过一次。我记得有一个说法，唐朝的一个名将李克用，和这个家族好像也有一点关系。

他们最初是党项人，而在西夏灭亡，"人民流亡，不知所终"之后，他们则如鸟兽散，消融到四周的各民族中去了。当然消融到汉民族中的居多，例如李自成。李自成的后人都是汉族。20世纪40年代初米脂桃镇有个陕北开明士绅叫李鼎铭的，曾经给当时居住在延安的毛泽东献策，提出"精兵简政"这个口号。这李鼎铭就是李自成的后裔。去年，见报载，西安几户李姓的老板，向媒体披露了他们的家谱，表明他们曾是西夏王公贵族的后裔。古长安是个大地方，他们的先祖流落到这里，混入到市井之间应当说是正常的。

西夏王国达到最盛的时候，它的疆土包括今天的宁夏全境，青海几乎全部，甘肃几乎全部，内蒙古几乎全部，陕北高原北部。是时，它的版图东到呼和浩特、包头，西到敦煌、哈密，南到延安以北，北到蒙古国境内，也就是说，几乎覆盖了大西北的全境。它以兴庆府作为它的首府，以黄河和贺兰山作为它的屏障，以"黄河百害，唯富一套"的河套地区作为它的粮仓，以巴丹吉林沙漠和腾格里沙漠作为它躲避腾挪迁回回旋之地，以著名的黑城作为它屯兵和出击西域的堡垒，以陕北边缘的怀远（今子洲县）、横山、麟州（今神木县）作为它对大宋用兵的前沿阵地。这个起事于大漠河套地区的西夏王朝，就这样与当时统治中原的北宋、南宋王朝对峙了200多年，成为与宋、辽、金、元五鼎并立的一个中国历史王朝，在中华民族的历史上刻下了深深的印记。

西夏当时对北宋的用兵，主要战役在陕北高原。其时，先后有童贯、沈括、韩琦、范仲淹、狄青等北宋名臣，在延安担任最高军事和行政长官，抵御西夏，可见北宋当时对西夏危协的重视。这些人中，以范仲淹的功绩为最大，他采取一种步步为营的战略，从延安顺宁塞川，连修三十六营寨，拼命地将西夏军队挤在陕北高原边缘，才致使延安府和西安府不致失守。范仲淹的《渔家傲·秋思》就是在那时候写的。如今的延安人说，词中"千嶂里，长烟落日孤城闭"说的是延安，那孤城是延安府，那长河是延河。神木人则说，这个句子说的是麟州城，那长河则是自大漠流来绕二郎山而过的窟野河，为这个神秘王朝画上句号的是成吉思汗之手。

舍我其谁的一代英雄成吉思汗，自然不能允许身边有这么一个强大的敌人存在，况且，西夏王朝决策者的反复无常、时敌时友也叫大汗烦心，于是在西征花刺子模班师归来后，他决心顺手除掉这个敌人。这也许是大汗一生中犯过的为数不多的错误之一。他小觑了这时国土和国力都已经大大削弱的西夏王朝。

西夏王朝在灭亡的那一刻，发出最辉煌的一声绝唱，兴庆府矮矮的城墙挡住了成吉思汗所向披靡的马蹄。元朝军队将兴庆府围了半年，仍然无法破城。愤怒的成吉思汗于是决定亲自参与到攻坚队伍中去。可是，在攻城时，城头上乱矢如雨，一支利箭射穿了大汗的胸膛。

一个月后，成吉思汗在今天甘肃省清水县养伤期间，不治而亡。围攻兴庆府的元朝军队，隐瞒了成吉思汗死去的消息，继续加紧攻城,并且提出如果西夏人投降,可以保持它现在的国制,只是降为附属国的建议。这时鉴于兴庆府已被围半年,弹尽粮绝,西夏王朝末代皇帝李睍,于是献城以降。

蜂拥入城的元军屠城七日,将兴庆府中的居民,一个不剩杀戮殆尽。献城的末代皇帝李睍,也被杀死。屠城后,元军觉得还不解恨,于是策马赶到西夏王陵,将历代帝王的陵墓掘开,将白骨曝于荒野。于是乎,这个叫西夏的王朝,从此从中国历史上消失了。它的种族、它的人民、它的文字也同时在一瞬间消失。给这个世界只留下几个无言的冢疙瘩给后人做无凭的猜测。

西夏王朝死亡了,但是那块地面还在,而在它的上面,又麇集了一群后来的人们。

如今这块地面上,以回族同胞居多,所以这块地面是宁夏回族自治区,而兴庆府,如今叫银川市。

下面我们换一个话题,谈这块地面上的回族。

回族同胞是在那遥远的年代里,从阿拉伯、从小亚细亚迁徙过来的。穆斯林先知穆罕默德说:"学问虽远在中国,亦当求之。"也许从那时候起,随着丝绸之路的日渐繁荣,波斯商人骑着马,骑着骆驼,就开始从远处来到了中国,而他们中的一些人,便永远地羁留在这块地面上。

回族大量的迁徙是在唐代。唐都城设在长安,那时外国使团和侨居人口,占长安城总人口的十分之一。其中,居住40年以上的回族常住人口是4000多家。回族的另一次大迁徙则是在宋末元初，这是被西征得胜归来的成吉思汗押解回来的俘虏。西夏王朝既亡，那么，为了填补这一块地面的城内之空，这些回族人顺理成章地被安置在这一块地面上。

不过回族成为这一块地面上的主要民族，是在清末。做这件事的人是左宗棠。

作为一名前边防军士兵，左宗棠一直是我崇敬的一个人物。如果不是左宗棠的抬棺入疆，平定准噶尔部叛乱，收回伊犁，与沙俄签订《中俄改订条约》，那么，中国的西北国界现在要后退得多。正是这一代名将左宗棠，以老迈之躯，抱着誓与沙俄及其扶持的准噶尔部殊死一战的决心，抬棺入疆，才先后平定东疆、南疆的准噶尔叛乱，并迫使沙俄停住南下的马蹄。

但是左宗棠又是一位罪人。他疯狂和有效地镇压了西北的农民起义和回民起义。

同治年间，镇压完回民起义以后，左宗棠要给俘获的三万余名战俘寻找一个放逐的地方，于是他满天下寻找。他给这个假想的地方设置了三个条件。第一，土地贫瘠，不适宜人口快速增长；第二，远离政治经济中心；第三，无险可倚。最后，在征得清廷的同意后，他选择了宁夏地面的西（吉）海（原）、固（原）。于是，回族开始在这里繁衍生息，那些走失的人群也陆续回来，这样，宁夏地面成为一个回族同胞大规模居住的地方。

这就叫土地。这就叫土地上像刮老黄风一样刮过的历史岁月。

下面再说一说大夏王朝。

与西夏王朝极为相似的是，在与兴庆府一河相隔，300多千米以外的地方，曾经出现过一个大夏王朝。大夏的发生、发展、全盛、盛极而衰、灭亡，茫茫而不知其所终，都与西夏王朝极为相似。从时间上看，它早于西夏王朝五六百年。中国历史上曾经有个东晋十六国时代，这个大夏国即是十六国中之一。

一位将军，从辽远的草原上来，来到鄂尔多斯高原与陕北高原的接壤地带。那时这里是一片古木参天、牧草丰盛、溪流潺潺的去处。将军登上一个高处，用马鞭向四处一指，赞叹曰：天下竟有这样的好地方！这地方是为我而设的呀！于是他不走了，他决定在这里修城筑寨，建立他的霸业。这位将军就是赫连勃勃。

所有的游牧文化建立的政权，都以越过长城线、进入中原为它们的当然目标。这方面成功的例子只有两个。一是元朝的建立，一是清朝的建立。但是不成功的例子则更多一些。赫连勃勃在统万城竣工、国力日渐强盛之后，曾经有过取道秦直道，向延安、西安大举进兵的几次经历，并且基本上都取得了成功。他先是占领了陕北高原腹心的延安城，遂将延安城作为陪都，称小统万城。继而又以延安为依托，在扫清西安周围各州县之后，占领西安。赫连亦将西安易名小统万城，作为他的又一个陪都。他还曾想将都城迁至西安，后来感觉到与这里的文化格格不入，遂放弃。而半年之后，西安失守。

后世的西夏王朝，他取的是与赫连同样的战略，但是李元昊的马蹄，在延安府即被阻挡住了。李元昊曾经兵围延安府半年，后来终于不能破城，于是只得悻悻而去。

不是李元昊无能，这里面有两个原因。一是那时大宋王朝还没有达到千疮百孔的程度，它还有一定国力，可以支撑战争局面。况且文武兼备的一代名儒范仲淹，在抗击西夏侵犯中起到了重要的作用。二是那时通往西安的通衢大道秦直道，已经部分坍塌，从而李元昊不能像赫连那样铁骑所向直指古长安。

后来大夏国盛极而衰。而那建立在旷野上的辉煌城郭统万城，也随之荒废。如今，这位于陕北靖边县境内的城池，已经几近为毛乌素沙漠所埋，只剩下一些白色的断壁残垣，在呜咽的塞风中经年经岁。由于那被糯米汁搅拌过的墙土现在是白色的，所以当地人叫它白城子。我曾经驱车去过那里，四野空旷，满目疮痍，毛乌素沙漠的滚滚沙暴自北方而来，黄土高原在南面迟钝地兀立着。这地方当年曾麇集过一群人，这些人的后裔都在哪里呢？我眼望历史深处，滴下几滴迎风泪来。

距离白城子300千米，靠近黄河岸边的延川县境内，有个赫连勃勃墓。是不是大夏国的王室成员，后来隐姓埋名，藏匿于这块山大沟深的地方了呢？我们不知道这个地名，也只能提供一点猜测和想法。

在北中国地面，有一个时常挂在妇孺口边的民谚——天下匈奴遍地刘。这句民谚也许为我们寻找大夏国的遗民们最后的踪迹提供了一条线索。

为我点化这一迷津的是已故前辈作家刘绍棠先生。刘先生在即将辞世之前，曾经托人捎过一封信给我。他要我注意"天下匈奴遍地刘"这句民谚。他说，他怀疑自己就是匈奴的后裔。在他的家乡运河两岸，有许多这样的运河村庄，他还为此写过一本叫《一河二刘》的小说。而在历史上，陕北北部，山西雁北地区，河北北部，正是当年南匈奴的辖地。刘先生是在看了我的一本叫《最后一个匈奴》的书后，因感而发的。

这样，我知道了，大夏国的后裔们，在国家灭亡之后，他们在逃匿的途中，很可能又捡起了这个"刘"姓。

陕北地面四散地居住着一些刘姓村庄或刘姓人家。赫赫有名的刘志丹将军，他的家乡金丁镇，与统万城只隔一条叫柠条梁的山岗，距离也就是300多千米。金丁镇在子午岭最深的山里，十分封闭。附带说一句，拙作《最后一个匈奴》就是在金丁镇这地方画上句号的。我那时候还不明白我的双脚为什么要鬼使神差，将我带到那里去。

此外，我的尊贵的朋友、散文家刘成章先生，他是延安市人，他的这个刘家亦是陕北地面的一个名门望族。毛泽东入驻延安时，率各界出郭30里相迎的，就是刘成章的父亲刘作新。我曾经在文章中，多次谈到在出访罗马尼亚时，刘成章与罗马尼亚作协主席的妻子、一个匈牙利女性，谈论北匈奴和南匈奴这个话题，故这里不再赘述。此外，我的另外一个尊贵的朋友，一位叫刘压西的女性，她的家乡在黄河边上，她的这个刘家亦是陕北地面的一个豪门大户。毛泽东当年在白云山抽完签后，在黄河边一个小村庄隐匿半月，而后选一个良辰吉日，东流黄河。那隐匿的地方就是她家。

我在这里想说的是，在这些刘姓后人的身上，我们总能感到一种与生俱来的激情。

也许，一个在马背上厮杀惯了的民族，有一天脱离了马背，开始在大地上匍匐行走时，开始与平庸的地形地貌为伍时，他只是在等待时机和积蓄力量。一旦当马蹄重新在远处响起时，他们身上那祖先的不羁的血于是开始澎湃。我这样来解释这些陕北的刘姓人家给延安时期的毛泽东的巨大支持。

然而，那些迷失在历史迷宫中的最悲惨的背影，不是西夏，不是大夏，不是南匈奴，而是北匈奴。

他们永远地迷失在路途上了。那情景，就像我们在中午时分做了一场噩梦。太阳白白的，梦魇中，我们走失了。而走失后就再也回不来了。即便回来了，那回来的是另外的自己。

北匈奴人在公元前几世纪和公元后几世纪时，他们的主要活动区域是在西域。汉王室的有力的攻击，令北匈奴人逐渐地向西退走。"失我敕勒川，令我六畜无所依；失我祁连山，令我女儿无颜色"这首匈奴古歌，道出了匈奴逐渐远离中原边缘地带的历史。

在西域地面又勾连了几百年后，北匈奴人终于开始了他们悲壮的迁徙历程。

他们越过中亚细亚和小亚细亚，先是迁徙到苏联的里海、黑海地区。那里寒冷而干燥的气候，寸草不生的盐碱滩，同样不适宜于生存。于是他们继续迁徙。公元 5 世纪的时候，他们当中的一部分，来到水草丰美的多瑙河畔，而后在那里形成匈牙利民族，建立大公国。

匈牙利是这个漫过亚、欧、非大陆的历史大潮，在走失之后，在大部分被蒸发之后，留下来的唯一的一个积水洼。一个今天的我们为那个久远的迁徙者之梦寻找到的现代依据。

匈牙利民族诗人裴多菲，曾经在他的民族史诗中，悲凉而豪迈地吟唱道："我的遥远的祖先啊，你们怎样在那遥远的年代里，从东方，从中亚细亚，迁徙到里海黑海，最后，来到多瑙河畔，在这里建立起我们的祖邦。"

匈牙利人长期以来，一直认为他们来源匈奴。尽管在东欧剧变之后，这个官方观点曾受到一些激进的年轻学者的质疑。年轻学者们认为，匈牙利立国是在公元2世纪，而2世纪时，匈奴人才开始他们起自中亚细亚的迁徙，他们5世纪时才到达这里，因此，只能说如今的匈牙利的匈奴族人是匈奴人的后裔，而不能说匈牙利这个国家就是已经泯灭了的匈奴。中国的一个民族专家冯秋子先生，也在给我的来信中持相同的观点。但是，匈牙利官方立即发表声明说，停止讨论，有横扫欧亚的骁勇的匈奴人做我们的祖先，是一件光荣的事情，一个国家，一个民族，总要有一个根的，不要讨论了，我们的根就是从中亚来的匈奴人。

因此这个说法也就成为定论。

此外，汤因比先生在《人类与大地母亲》一书中，言之凿凿地认为如今的保加利亚人，亦是匈奴人。还有印度北方诸邦的拉杰普特人，亦是当年匈奴之一支——白匈奴流落到那里去的代表。此外，还有一些民间说法，认为位于小亚细亚的土耳其人，认为位于欧亚非交界处的非洲的突尼斯人，亦有匈奴人的因素存在。当然这些只是民间研究者的说法，不足为凭。他们更可能是突厥人的后裔。

它就这样地走失了，这个消失在历史迷宫的最为悲惨的背影。在叙述这些如梦如幻或真或虚的历史记忆时，叙述者的心口被揪得一阵阵发痛。不过它们是历史，历史就是这样，它丝毫由不得人！

在谈到匈牙利民族诗人裴多菲的时候，我突然想起一位中国女诗人。这位女诗人一直固执地认为自己是匈奴的后裔，是羁留在故乡的匈奴人。这就是中国台湾女诗人席慕蓉，那个悲凉地吟唱过"尽管城上城下争战了一部历史/尽管夺了焉支又还了焉支/……敕勒川阴山下/今宵月色应如水/而黄河今夜仍然要从你身旁流过/流进我不眠的梦中"的席慕蓉。

国文老师那天教的课文是岳飞的《满江红》，当老师用纯正的国语朗诵道："壮志饥餐胡虏肉/笑谈渴饮匈奴血"时，座位上坐着的一个小女生，突然号啕大哭起来，她哽咽地说："这个叫岳飞的人，为什么要吃我们的肉，喝我们的血呢？"她拿着书本，哭着跑回了家。这小女生就是席慕蓉，那时她上小学二年级。香港女作家梁凤仪女士，将这个席慕蓉小时候的故事告诉我的。

历史在前进着，我们不应当向来路上看。我们就是人类的香火，各民族打发到 21 世纪阳光下的代表。我们应当开心地和勇敢地继续活下去，为了他们也为了我们。我们的身体里有他们的基因遗传，我们的血管里澎湃着他们的血液。我们是幸运的，因为我们找到了迷宫出口并且走了出去。

这是我的想法。

下面再谈楼兰这个话题。

其实匈奴人进入欧洲的那条欧亚通道，并不是匈奴人最先蹚出的，也不是出使西域的张骞打通的。它是楼兰人打通的。在此之前1500年到500年中，这个欧洲高贵的种族在一次战争失败后，且战且退，举国举族完成了一次（也许是）人类历史上第一次大迁徙，它越过欧亚大陆，从爱琴海岸边定居到了罗布泊岸边。

我们已经不可能知道，到底是哪一场战争，导致了楼兰人踏上大迁徙的路途。公元前1500年的时候，人第一次骑在了马背上从而产生了一个叫"骑兵"的人马组合作战单元。同样是在公元前1500年的时候，人类已经生产铸铁。而这两样东西首先使用的都是在爱琴海地区。那么是不是可以这样推断：是一个拥有骑兵的外来民族，骑兵手里且拿着马刀，令这个高贵的欧洲种族在一夜间灭亡的。

他们开始迁徙，没有目的地。在这漫长行程中，他们一定曾把许多地方都作过故乡，但是最后明白了这里只是客居之地，于是他们继续前行。这次横贯欧亚的大迁徙大约用了1000年的时间。最后，在亚洲的腹心，他们看见一片蔚蓝色的大海。罗布泊那时叫蒲昌海。他们觉得这蒲昌海和他们的爱琴海故乡很相似。于是决定在这里定居，并建立国家。

于是西域地面最具传奇色彩的一个国家——楼兰绿洲文明诞生了。

他们引来水，将荒原改造成农田，种植庄稼。道路和渠道两旁栽满了树木。罗布泊及注入罗布泊的众多水流，也给他们提供了取之不尽的各种鱼类和水产。他们建立起一座辉煌的城郭，这城郭就是屡屡出现在中国史书和诗歌中的楼兰古城。

迁徙者的一部分并没有脱离马背。他们已经习惯了厮杀，于是不屑于这种农耕渔猎生活。他们建立了另外一个国家，这就是历史上的大月氏国。大月氏的活动范围在今天的疏勒河谷、敦煌、玉门、嘉峪关、张掖一带。

楼兰国和大月氏国安定下来以后，很快地就遇到了匈奴这个强敌。匈奴先灭掉了大月氏国，接着又将楼兰征服，将其降为它的附属国。汉王朝正是在接到南匈奴王冒顿大单于的文书之后，才知道嘉峪关以外尚有那么辽阔的地域和众多的小国的。冒顿文书说，他已经将大月氏举国灭掉，并用大月氏王的头颅做了酒器，楼兰以及西域一十六国，尽在他的掌握之中。冒顿大单于的文书，大约有分强而治的意思，这说明南匈奴那时候还没有跨洲大迁徙的打算。接到冒顿文书的是汉文帝，他有些纳闷，觉得冒顿是在夸海口，但是，还是派了一个叫张骞的太监去探个究竟。

张骞出使西域，于是，西域史划时代的一页开始，世界贸易史上著名的商道丝绸之路开始。

处在强大的汉王室和同样强大的匈奴之间，楼兰国在那个时期经历了许多的故事。这些传奇每一个大约都可以成为一本厚书的。最著名的传奇也许是傅介子千里刺杀楼兰王的故事。老楼兰王将他的大儿子尝归，典给匈奴作人质，小儿子尉屠耆，典给汉王室作人质。老楼兰王死后，匈奴人马快，于是抢先送尝归去继承王位，丝绸之路因此而堵塞。汉王室于是派遣大刺客傅介子，率20名勇士，扮作丝绸之路上的客商，来到楼兰城，刺杀尝归，扶尉屠耆即王位。

另一个传奇是班超火烧匈奴使团的故事。班超掷了手中的笔，率一个36人的使团，西出阳关，出访楼兰城。是夜，匈奴一个130多人的使团也突然来了。楼兰王见匈奴的人多，有了出卖汉室使团的意思。不是鱼死，就是网破。是夜，月黑风高，班超先叫人放了一把火，将匈奴人的驿馆点着，然后趁乱杀了进去。匈奴使团130多人全被杀掉。班超随之敲开楼兰王的宫门，将匈奴使团头领的首级掷在楼兰王面前，楼兰王大惊失色，表示永不反汉。投笔从戎的一介书生班超也就因此成名。

楼兰后来是灭亡了。

它亡在一个叫丁零的西域古族手里，时间大约是公元3世纪中叶。

丁零是谁?《中国伊斯兰百科全书》告诉我们，现在的维吾尔族，在成吉思汗之前的年代里，曾称回纥、回鹘，而在回纥、回鹘之前它称丁零。这样我们知道了，楼兰国是这样灭亡的。

楼兰城在尉屠耆手中，曾经易名鄯善城。它还有大约不止一次的迁徙，据说现在的若羌县，也是它曾经落脚的一个地点。而米兰，则是当年汉王室的屯垦之地。尉屠耆即位后请汉室派一支小部队来加强他的地位，于是汉室便派兵屯垦米兰。米兰城与楼兰城互为犄角之势。

这些曾经鲜活地存在过的国家和民族，他们便这样永远地走失了，茫茫而不知其归处。如果不是瑞典探险家斯文·赫定在100年前重新发现楼兰古城，我们甚至连楼兰这个国家到底是杜撰还是真实存在过的，心中都没有数。

虽然它们走失了，但是他们的血在另外的民族、另外的一部分人身上继续澎湃。从这个意义上来说，他们并没有走失。

楼兰那些家园的固守者被称为罗布泊人。20世纪初的时候，他们还有两个村落。现在，他们只剩下最后两个人了。1998年的秋天，我们曾经在米兰生产建设兵团的民族连里，见过这最后的罗布泊人。他们就是我曾在文中多次提到的百岁老人热合曼和亚生。

20世纪30年代中叶，当斯文·赫定的助手法国探险家贝格曼，在楼兰国皇家公墓，一个被称为"千棺之山"的沙丘上，挖掘出一具木乃伊时，那个楼兰木乃伊美女，像被施了魔法的灰姑娘，金发碧眼，栩栩如生，她那穿越两千年岁月的微笑，令所有在场的人都失魂落魄。她身上的服饰没有一片丝绸，表明她生活的年代较丝绸之路的出现要早。而她属白种人，让人想到那个楼兰人迁徙的故事。

不过除了那些远道的迁徙者之外,楼兰居民的成分中,后来又吸收了贵霜王朝的遗民。为我们带来这方面蛛丝马迹的,是一种古老的、业已死亡了的文字——怯卢文。

在那个时期的西域,人流的大迁徙像潮水一样的奔涌不定,英雄美人们列队走过御风而行,一个又一个的小国也许在早上立国,而在黄昏就告终者比比皆是。那真是一个令人着迷的时期。那里面该有多少历史的细节呀!

史学家把那个时期叫作中亚古族大移位时期。

那时西域有许多的国家,不是16个,也不是26个,亦不是36个。"十六个"这个说法,是冒顿文书中的说法,这说明南匈奴那时候还没有涉及西域纵深。后来大约是张骞回来说,有26个,再后来大约是班超回来说,有36个。再后来,不断地有人回来,又有发现,于是人们厌倦了确切的数目,以"三十六国"这句话,作为虚数使用。

这36国大部分都迷失在路途上了,将它们的故事一个个地写出来会是一本大书的容量的。因此这篇短文也就适可而止、量力而行了。

不过有一点还需要提及,那就是冒顿大单于并没能将大月氏举国举族消灭,他们中还有一部分降兵留了下来。而在后来匈奴向欧洲迁徙的时候,这批被称为"白匈奴",又被称为"哒人"的大月氏士兵,充当了先头部队。他们的归宿如何,汤因比认为,后来流落到印度、巴基斯坦的那一拨匈奴人，正是白匈奴。

我不知道这近十年来，我为什么痴迷于这一类题材和这一种思考。我常常觉得自己像一个女巫或者法师一样，从远处的旷野上捡来许多的历史残片，然后在我的斗室里像拼魔方一样将它们拼出许多式样。我每有心得就大声疾呼，激动不已。那一刻我感到历史在深处笑我。

我把我的这种痴迷悟觉为两个原因。一个是这些年随着我在西域地面上风一样地行走，我取得了历史的信任，它要我肩负起一个使命，即把那历史的每一个断章中那惊世骇俗的一面展现给现代人看。另一个原因则是，随着渐入老境我变成一个世界主义者，我有一种大人类情绪，我把途经的道路上的每一个人都当作我最亲的兄弟，我把道路上遇到的每一座坟墓，无论是拱北，还是玛扎，都当作我的祖先的坟墓。

在这个庄严而恢宏的题材中，还有两件事要告诉你。如果不告诉你，是你的损失也是我的损失。

一件是新疆作家周涛告诉我的。他说在帕米尔高原深处，生活着一个黑头发黑眼睛的民族，他们是当年李陵将军那三千降卒的后裔。他称这是活着的纪念碑、人的纪念碑。周涛在关于这件事的一篇文章中，对李陵将军给予了最深刻的同情和最高的敬意。他说这是一个生前备受凌辱、死后亦备受凌辱的男人，他有家难奔，有国难投，他的孤魂野鬼现在还在西域大地上游荡。他所承受的一个男人的痛苦，较之因为为他辩护而受宫刑的司马迁，较之被匈奴关押了18年的苏武，都更沉重一些。好在有一个"人"的纪念碑立在那里，给我们一些安慰，给这浓重的苦难一丝亮色。

另一个故事是，去年我在新疆阿勒泰草原上的锡伯渡，知道了额尔齐斯河这个渡口得名的由来。

清朝年间，鉴于新疆境内准噶尔部落的滋事，清政府从他们的本土，调集了2000多名锡伯族男人，拖家带口，一行共4000多人，移民新疆。这支锡伯族迁徙的队伍从沈阳出发，穿过蒙古高原，翻越友谊峰冰大坂，来到额尔齐斯河河边。那时正值额尔齐斯河春潮泛滥。锡伯人在河北岸滞留了半年。秋季水退后，他们才继续行走。他们穿过阿勒泰草原，穿过塔城草原，最后来到康熙为他们指定的居住地，距边界不远的察布查尔。

他们蹚出的那一处渡口后世叫它锡伯渡，成为额尔齐斯河上的一个著名渡口。锡伯渡在收入新疆生产建设兵团时，曾易名西北渡，现在我看中国地图，它又恢复锡伯渡这个称呼了。

令人感动的是，这群勇敢的锡伯族男人，嗣后便在这里艰难地扎下根来，生息和发展，壮大到成为现在的察布查尔锡伯自治县。这是距离我们较近的一次民族迁徙，所以我们能较为准确地记录它。而这个故事最令人感动或者说最具有戏剧性的是，在它的本土东北，锡伯族倒是绝迹了。我就此曾经请教过一位叫关本满的满族作家，想不到他竟告诉我，他就是锡伯族人。他说，锡伯族是满族之一支，东北的锡伯族在后来的发展中，基本上都同化于满族了。现在那老地方似乎还有一个乡，叫锡伯族民族乡。

此心光明
亦復何言

心

一代大學者理學集大成者王陽明先生留給世界的最後一句話。高建忠繪

我真的是一个代表吗？我不能确定。当就要结束这一篇文章时，我没有通常在完成一篇文章后那种一泻而就的快乐，而是有一种更为沉重的历史情怀，一个巨大的悲怆感压来，令我几近落泪。我是不该落泪的，我是幸福的，因为我是如此丰富的人类大家庭中的一员，我们曾有过这么多的过去。那么此刻，且让我笑一下，让美国诗人惠特曼那强有力的诗，像管风琴一样在我的耳畔轰鸣，帮助我逃离这种情绪：

我轻松愉快地走在大路上。我年轻，生命于我是强健的。有了这个小小的地球，我就够了，我不要求星星更接近。从此我不再追求幸福，我自己就是幸福！

2002 年 4 月

1. 楼兰城的毁灭，是缘于沙埋，或是毁于战争，或是毁于瘟疫，或是毁于塔里木河改道和断流。原因如何，还待田野考古给出支持。

2. 根据目前的田野考古成果，楼兰城大致可以分为三个时期。第一，前楼兰时期，距现在 2300 年到 2800 年前，那时居民为北欧白种人（据千棺之山出土墓葬。而我的推断，雅利安人的可能更大）。第二，距现在两千年前的中亚古族大漂移时期。第三，后楼兰时期。汉昭帝时，傅介子千里刺杀楼兰王，楼兰易名鄯善。后楼兰时代开始。

3. 西域文献中多有"丁零灭楼兰"一说。丁零是现代维吾尔族的前身。他们来自贝加尔湖,当时叫高车,后来叫丁零。中亚古族之一。

2021 年 10 月　修改

一场秋风老少年

第三部分

DISANBUFEN

为了第一个猴子开始的事业

一只灵长类动物走出了森林。他用手挠了挠腮，试着直起身子，颤颠颠地走了几步，结果发现，这种尝试是可能的，只要摆动前肢，保持住身子平衡就行。于是很久以后，一种超级动物就在地球上出现了。他们称自己是人，是万物之灵。他们将这个小小的地球勘查一番后，便开始动手为自己造福，烧毁山林，开垦耕地，深入海洋，钻探地下。他们将原先的那些森林同类，划分为两种类型：一种称为有益者，一种称为有害者。有益者，尽量剥削和使役它们，驱使他们为人类服务；有害者，立志斩尽杀绝。后来，又意识到斩尽杀绝是愚蠢的，于是便设立生物保护圈，念起斋来。

阴谋、凶杀、叛卖、战争、谎言、讹诈、强权、暴力、压制、不公正、淫乱、虚伪、献媚，等等。各种难以想象的堕落行为，像瘟疫一样弥漫于这些自称是万物之灵的动物之间。它们直起身子了。它们腾出了两只手，可以恣意为之。它们在地球的哪个角落出现，哪里便开始发生争吵、噪音和污染，哪里别的动物便纷纷逃遁。有识之士在经过一次又一次于事无补的努力之后，终于将这人类的种种丑行归结于劣根性，即归结于它的祖先是猴子这一事实上。而冥冥之中，大自然以一种不可抗拒的神秘之力，每隔一段时间，便在地球的某一个角落，借助于一个临产之妇的肚子，生下一个毛孩来。这说不清是在嘲笑人类，还是在提醒人类。

　　假如最初不是猴子，而是一种别的什么动物，最早直起身子，那世界的今天也许会是另一个样子了。比如说，是一匹马，是那高贵、漂亮、诚实、热爱劳动、善良的马，而不是这行为猥琐、举止浮躁的猴子的话，也许，它们是不会那么自私的。它们指着地球说："这是大自然酿造的一杯美酒，让我们按照平等的法则享受它吧，既不能你多，也不能它少。"

　　"我自为之，与人何碍？"人类中会有愤愤不平的雄辩者。他们说："猴子自直起它的身子走路，马类自横起它的身子走路。两相无碍。"话是这样说的，不过，自从在地球变化的那一刻，猴子成了人类之后，别的所有生物的进化便停止了。最近的《参考消息》上说，一位聪明的动物学家，在经过毕生研究之后，发现人类的出现抑制了地球上别的动物的进化，使它们的成熟程度，现在还停留在猴子变成人类的那一刻。譬如一只座钟，在那一刻停止之后，一直停到现在。因此，人类不用担心，地球上会出现别的智力动物，来与人类抗衡，它们尽可以继续肆无忌惮。

但是，人类终会受到惩罚和报应的。这种惩罚会来自被它毁坏了的大自然，会来自自己制造出来的种种吓人的武器，然而，诸种惩罚中的一种最残酷的惩罚，是人类自身的精神堕落，导致了人类的毁灭。

月亮，这个地球最亲近的姊妹，它站在高处，以一种永恒的耐心，静观着地球上发生的一切。星星则躲在更远的远处，在孤独中，一面完成着自身的进程，一面参与总秩序、总进程。宇宙太大了，我们无从了解那辽远的东西，不知道大自然在那里是以什么样的秩序排列着，不知道那里有没有生物，那里有没有人类，那里有没有堕落。

人哪，你这古怪而又神秘的动物，你的产生得力于大自然的一次偶然编码时的失误，还是一种必然的生物进化过程？你从森林里走出来，是一种幸福，还是一种不幸？既然你的存在是一种痛苦，那么，为什么每个人在行将结束生命时，都或多或少表现了对这个世界的留恋？既然你的存在是一种幸福，那么，在古往今来浩如烟海的思想文库里，却充满了文学家和哲人的发自心灵深处的痛苦哀鸣？

当我以超然物外的态度，来谈论人类这个题目时，我感到一种羞愧。因为我是他的一分子，我是从遥远而来又向遥远而去的人类家庭中的一个承前启后者。在我之前，有许多杰出者，为了使人类更美好，为了使世界更合理，绞尽了他们的脑汁，献出了他们的毕生。在我之后，也必将还有这样的杰出人物。所以，我没有权利怀疑人类的出现是否得不偿失，生物群是在进步还是在退步。我必须做而且能够做的是，接续起历史这个链条，成为它中间的一环，背起沉重的因袭，以不妥协的精神，向前走去。

一位忧伤的法国哲学家兼作家，站在地球的另一翼，借助一个西西弗神话，表现了他对人类命运的悲剧性思考，那里面流露出一种世纪的悲哀和刻骨铭心的孤独感，令人不寒而栗。当然，他还从这个神话中挖掘出了它的积极意义，给人类以安慰，给人类以超脱，给人类以继续生存、继续繁衍下去的力量。但是，不知为什么，当我热泪盈眶地思索着这一切时，总感到后边的附加意义的解释里具有一种无可奈何的绝望情绪。

在东方，在我们这个古老的国度里，有一位前辈作家也这样探讨过人类。他说，人生是一场猴子的游戏，一群猴子在抢空果壳。问问君王吧，这个力气最大的猴子，他抢到了空果壳，并且砸开了它。它得到了什么呢？"苦役"，"无尽的烦恼"和"世界上最不自由的人"。这是在最近一期的《读者文摘》上，三个西方国家的元首，这样向世人陈述他们在从事这个令人羡慕的职业时的感受。

然而，为了人类辉煌的前景，为了从第一个猴子开始的事业，我们还必须前行。继续繁衍，继续奋斗，继续探求。就像鲁迅先生不朽作品中的那个苦行僧般的"过客"，就像屠格涅夫《门槛》中的那个俄罗斯姑娘，就像浮士德，就像《草叶集》中那个歌唱自己也歌唱同类的行吟歌手。相信吧，坚定不移地相信，人类在走向进步,世界在走向进步。相信吧,坚定不移地相信,人类能够制约自己,人类能够拯救自己,人类会在痛苦的过程中,聪明、成熟和高尚起来。毕竟我们离猴子越来越远了。

所幸的是我们有文学,有这种反省、思索、交流的媒介工具。"现代科技可以搬动一座喜马拉雅山,但不能使人类心灵增加一分善良,因此,不能没有文学家这种职业。"这是一位可敬的苏联作家说的。

什么是作家?作家就是引导人类走向聪明、走向成熟、走向高尚,使人类脱离兽性、脱离自私、脱离苦难的人。作家就是将一支不客气的笔,伸向人类的灵魂深处,同时也伸向自己的灵魂深处,在里边寻找痛苦的症结,寻找滋养和补给的人。他就是历练和智慧的总结者和传递者。他向那些饱受苦难的灵魂抛去救生圈,他给那些保不住自己门前草地的孱弱者以思想铠甲,他就是人类的同情心和良心。同时,他向那些恶人举起投枪,发出诅咒,迫使那些恶人在暗夜里为自己的灵魂堕落而哭泣。没有这类人物的民族只是一个生物之群,有了这类人物而不知道爱惜他们的是一个不可救药的奴隶之邦。这是郁达夫先生在他的《怀鲁迅》中,对从事这种职业的人的一种最高赞誉。

但是,他们同时又是一些最为可怜和不幸的人。他们无暇去经营自己门前的菜地,他们不谙人事,是稚童、傻子和疯子三位一体的人类类型。他们即便处在最欢乐的时刻也带着悲哀,他们得忍受孤独的煎熬,以便在孤独中去穷究一个道理(也许会是一个错误的道理）。谁和他们成为亲属和家人，谁的生活便会被他们搞得一团糟。直到有一天，当他们的同时代人已届暮年，享乐一生后，感觉到需要给这个时代留点纪念碑之类时，才记起了他们，于是抬着他们的肩膀说，来吧，可怜虫，站在广场上去吧，那里已经为你安排好了纪念碑。这样，他们即便在死后，还要站在露天广场，迎接着白雪飘飘，赤日炎炎，无力挪动一步。来焚香者，抑或是出于盲目的敬仰，抑或是为了贩卖自己的私货。谁能理解他们呢？

我联想到了我自己。我的面前摆着自己的诗集、散文集和小说，以及大量没有发表出去的习作。我回忆着艺术准备过程中那些苍白而苦难的日子。我没有为自己最初的幼稚脸红，也没有为接着的粗糙害羞，我没有了一种贯穿作品始终的东西，那就是对人类命运的深切关注和诚实的思考。

我永远不能明白我为什么拿起笔。是那个白雪皑皑的冬夜吗？也许是的！天空在落雪，中亚西亚荒凉的原野上，一片素白。沙枣树在孤独地站立着。边防站黑色的碱土围墙，立在这百里无人的荒原上，在边防站的油灯下，我在一个手掌大的笔记本上写诗。一位老军人推开了双层门。这是一位来边防站视察的将军。他表示了深深的惊愕和感慨，于是要走了那个小本子，并且将诗作带到北京发表了。

也许这不是偶然，而是一种积习，是我与生俱来的一种渴望理解世界和希求同类理解自己的愿望、一种自我表现、一种用旧了但我仍然不愿放弃的观点——人生使命感。正如我的尊敬的朋友贾平凹所津津乐道的"仰无大笑出门去，我辈岂是蓬蒿人"一样，正如多愁善感的屠格涅夫说的"大狗叫，小狗也要叫"一样，我终于克服了羞怯和自卑，用笔和世界开始对话。

也许是那一次，是那个秋夜。群星满天，树影婆娑，额尔齐斯河在唱着万年不改的歌声。我在茇茇草丛中站哨，枪刺挂着露珠。一个椭圆形状的飞行物，自西南而东北，在我头顶缓缓飞过。我忘记了去拿望远镜，也忘记了去通知我的同类。我在这一刻被深深地震撼了，我感觉到它在我头顶上同时颤抖了一下。那也许是我在颤抖。许多年后，我在《高建群诗选》的小传中，这样写道："他一生为人严谨，但遗憾的是见过飞碟，天意难违，从而常常生出种种非分之想。"

不管怎么说，我应当永远怀着美好的情感，回忆那五年的军旅生活，回忆青春被放逐到荒原上的那段苍白而美丽的日子。这段生活改变了我的性格，这段生活改变了我的思维方法，这段生活将影响我的一生。

这段生活直接的收获是我的一些作品。它们是我的西西弗神话，是我埋藏在心底十多年的一颗苦涩的果子，是我对国界线这个概念的具有超前意识的理解。作品中的一些人物的为道义和正义而死，正是他们人格的最后完成。人类因为他们的死而聪明起来、成熟起来、高尚起来。为理想而死，尽管仍然是悲剧，但不是不幸。我们宁可要挑战者号宇宙飞船辉煌的失败，不要那潍坊风筝节的成功的放飞，当这两件事同时出现在《新闻联播》节目里时，我为我们自己脸红。

感谢生活，它让我的双脚踩在国界线，从而能细细地思索生活，思索这一当代中国作家还未涉足的领域。当一位被我称为"伪现代派"的青年朋友，拿出"全球意识"这句话唬人的时候，我立即接过这句话，并且毫不犹豫地将它融入我的作品中。

这段生活还给与了我更多的东西。它为我提供了一个孤独的所在，让我脱离自己的同类，回过头来，超然物欲之外，来研究这喧嚣的尘世和我的无法理喻的同类。他还为我提供了与大自然对话的机会。善良的兔子，没有头脑的刺猬、红狐狸，来这里度假的大雁、家狗和野狼，富有高贵气质的我的坐骑——伊犁马，飘飘忽忽的黄羊群，踏着死亡之路去追求爱情的公野猪，还有那血红血红的隔壁落日、暴风雪、罂粟花和向日葵等。在与大自然的对话中，我觉悟到自己不光是人类的儿子，而且是大自然的儿子。我从一个较为便捷的角度，洞观了人类正在经历的一切。

当然，我更为熟悉和亲切的，是成长、生活和工作的这块黄土高原。热土意识震撼着艺坛，陕北是一个焦点。在这亘古的荒原上，在这大山的褶皱中，也许真的隐藏着我们民族的生存之谜、发展之谜。我正试图表现这一切。真正的具有史诗意义的描写这块土地的鸿篇巨制还没有出现。也许我的尝试是失败的，但是我必须尝试和冲击，一种渴望表现的痛苦在长久地折磨着我。我们这个民族正在经历着精神觉醒的痛苦，我有幸感觉到了这种痛苦，但愿我不断地吸收和充实，有力量表现这种痛苦吧。

我继续思考，让我继续自己梦幻般的行程吧。不要打搅我，亲爱的家人，亲爱的朋友，亲爱的社会。我爱人间，我在人间生长，我对我的同类充满了一种无法表达的亲近和热爱之情。

　　现在，让我来告诉你，第一个猴子从森林里走出来，是一种幸福，还是一种不幸。是的，这是一种幸福。过程就是幸福。此刻，我的心中，就充满了一种幸福感。我会痛苦，所以我是幸福的。我会思考，所以我是幸福的。我有过去，所以我是幸福的。我的所有呕心沥血的创作，其实都是为了与现在和未来的人类通话，未来的人们，在打开我那发黄的书页时，将会明白人类为了认识自己和破译世界，曾经是怎样地痛苦过。

　　生命太短了，必须拣主要的事情来做。假如将来的某一天，我能将自己的种种思考借助文学形式诉诸人类，那就算不枉此行了。我将在地球上寻找一个安静的角落，去继续我的孤独。那将是永久的孤独。

　　不过，请允许我继续以钟爱的目光注视着马，注视着这高贵、漂亮、诚实、热爱劳动、善良的另一种动物。人类生活得太苦了，人类为了进步付出的代价太大了，人类文明的进程进行得太缓慢了，人类距离那尽善尽美的时光太遥远了。有时候，我真希望那第一个走出森林、直起身子的是马。

　　但是理智告诉我，还得探索，还得前行，为了第一个猴子开始的事业。

1978 年 10 月

很久以前的一堆篝火

生命太短促了,你还没意识到自己应该做什么和怎么做,生命的极限年龄就到了。你嫉妒地望着大自然,发出痛心疾首的呐喊。水流依然像你出生时那样时而暗淡时而明朗;太阳呢,月亮呢,默默地信守着自己的职责,自东而出,自西而入,往往来来,年复一年。独有你,老了,朽了,宛如一个被大自然盛情招待了一番,现在又被遗弃的弃儿一样:昨日风华少年,今日垂垂老矣。大自然要腾出位置来,请下一批客人赴宴。

很久以前的一个夜晚。也许并不很久,只是由于我的记忆力减退,抑或是我经历的事情太多的缘故,它才变得"很久"而已。我在荒原上点燃了一堆篝火。

我们三个最要好的朋友,约好到一个人迹罕至的荒原上去,度过一个难得的星期天。说是荒原,其实并不算荒,几百年前,这里曾经是肥沃的良田和富饶的村庄,只是,后来它们都毁于兵燹了。于是森林茂盛地成长起来,水流欢快地喧哗起来,飞禽走兽以几何倍数繁殖起来,以至形成了如今的漫漫荒原。国家已经在这条川道宽些的地方,建立了一个国营农场,前些年,北京来的知识青年,也曾在这里建了一个知青点。

我的一位朋友是来到这里,寻找一位姑娘的。那是他的初恋,男人粗犷的青春在与异性接触时放出的第一朵火花。姑娘是一位农村姑娘,出生在北边的一个称之为绥德的出美女的地方。姑娘的父亲恰与我的朋友是同事关系。他不识字,所以屡屡请我的朋友为他代写家书。久而久之,朋友便对那神秘的北方产生了怀恋,童年时候就听过的信天游更助长了他这种浪漫的思考。楚楚动人的绥德姑娘有一天终于出现在他的面前,她绰约风姿令全城倾倒。老人用苍老的声音为他们撮合这件事。其实不用撮合,从彼此看见的第一眼起,他们都互相明白了他们属于对方,如果他们不能够结合的话,那么,彼此的灵魂一生都不会得到安宁。这不是老人为我的朋友设的圈套,这是命运的安排。生活是残酷的。我的朋友没有勇气顶住社会的压力,去找一个农村姑娘。姑娘唱着悲凉的歌远走了,她发誓她将要变成一个拥有城市户口的人。后来,我的朋友多方打听,打听到了姑娘嫁给了这荒原农场的一个工人,农场里的户口似乎好些。

于是,来到荒原上,我的朋友抛下我,顺着那绿荫丛中弯弯曲曲的白色小路，翻过山去，找山那边他的初恋。人在感情冲动下的举动是无法用常规解释的。如果在街头偶然相逢了，他们也许会像躲开什么可怕的东西一样躲开他们的初恋，但是，如果身处遥远的两个地方，他们又彼此痛苦地思念。这是一种高尚的感情，一种那些只知享受生活的人所难以理解的精神上的寄托。我的朋友已经有爱人和孩子了，正是一个三位一体的中国式的独生子女家庭。那位绥德姑娘也已经是人家的婆姨了。这一切情愫都应该斩断了，但是，谁叫他们是人呢？作为一个男人，我们默默地注视着他们的背影，并且随时准备用宽阔的肩膀为他们遮风挡雨。

我的另一位朋友是为工作而来的。他是一家报纸的通讯员，最近就要晋升了。他来这个偏远的地方采访稿件，就是在为晋升准备条件。这是一个血液热度很高的人，血涌到脸上，脸色经常是菜青色的。他的眼睛里有时候会射出一股奇异的光，令胆小的人看了害怕。这是一种热情和才华的表现，才气压抑在心中，左盘右旋，不得而出，便从眼神中不知不觉闪现出来了。小时候，我看过一个《水帘洞》的小人书。说那花果山的一方怪石，承日月之光照耀，得天地玉露滋养，久而久之，竟霹雳一声巨响，崩成一个石猴。那石猴一旦成形，眼里立即射出两道炬光，令天上正在午睡的玉皇大帝打了几个冷战。我想，这《西游记》的作者，一定是个精细之人，要不，如何能观察得如此透彻。

我是不赞成友人的做法的，我希望他多抓一点业务。生命太短促了，如果他在文学上努力，对人类的贡献也许会更大些。但是，人各有志，有什么办法呢？友人还是醉心于行政工作去了。后来我也想开了，行政工作总得要有人来干的，再说，我的朋友们大都是些书生，如果有一位行政上的朋友，比如灌个煤气、买个自行车、去医院看个病、住个房子，或者调动个工作之类，也好请他帮忙；有个三灾六难，也好请他保护。

他们都各行其是了，留下我，在这静静的荒原上，在一条像蛇一样的黑色公路的旁边，点燃一堆篝火。

四周静极了，山鸡的叫声十分响亮，四周的大山只剩下一个浑圆的轮廓，风把林间的清香送过来，沁人肺腑。篝火在燃烧着，火舌四窜，天显得多么地深邃呀，星星闪着微弱的光。一个孤零零的人，拿着根拨火棍，倚火而立。

我是喜欢安静的，所以一个人孤零零地留在火边，留在大自然的怀抱里，享受这丰盛的大自然之餐。我不理解人们为什么都那么好动，那么不择手段地追名逐利，世界太喧嚣了，喧嚣的原因就是因为这些人太多。正如一位外国散文家所说，我的沉默就是对人类的一种贡献，因为我的沉默给这个世界减少了一份喧嚣。

我燃篝火用的是稻草。这一大堆稻草是一位瓦窑堡老汉留下的。自此往北，百里以外，便就是光秃秃的黄土山了。这老汉从上边下来，在这里用五元钱一亩的价格，租了农场的一点水田。秋后，稻子打了，他把稻米背了回去，把这一大堆稻草留在了公路边，供我享用。那老汉已经60岁了，因为有一张口，要吃饭，所以他们没有退休的年龄。我在城里的候车室里，见到过许多这种背着粮食口袋的上头人，他们从不住旅社，总是在候车室里过夜。他们一般是要着饭下来，打下粮食，再背上回去，这样，居住在干旱地区的全家老少，就能吃上水地产的大米了。

我是听一位北京女知青说的。要不，我怎么能知道这稻草是谁留下的呢！就在我在篝火旁进行独立思考的时候，她背着三斗黑豆，从远远的、弧线形的大山上走了下来。她原先在这里插队，后来到北京上了大学，大学毕业后，又回到了这里。她曾经名噪一时，现在却完完全全地被冷落了。是的，朋友，吝啬的生活是不会慷慨地给你那么多朋友的，你现在所处的地位才是正常的，符合生活自身逻辑的，所以，你不妨平心静气地接受它。

小红在那个碹畔上，立了很久，她没有过来打搅我，怕打断了我的思考。

我盘腿坐在火边，暗蓝色的夜空和血红色的篝火，正像我已经逝去了的魔幻般的青春。我痛苦地思考着，我的后半生将怎样生活、怎样工作，怎样完成一个生命来到这世界上的使命。山风起了，黑色公路像蛇一样地从山脚盘旋而上，直达山顶。那隐现在密林中的路面，在夜色中闪闪发光，宛如蛇的鳞片。一片树叶落下来，落在了我的头顶，即又被山峰卷进了火堆。火苗暗了一下，又明了。已经是春天里了。"金黄的落叶堆满我心间，我已经不再是青春少年。"这是一个叫叶赛宁的诗人说的。诗人只活了30岁，也就是我坐在篝火边的这个年龄。我活着，他却死了，看来，生命的极限年龄并不是保险系数。又一片树叶落下来了，像一个飘飘而来的精灵,我接住它在手中。这是一片白杨树叶,刚才,它还在吸着露汁,在唱着激情的歌(我听到的那山林的呼啸也有它的一份贡献),现在,它却在我在手中。这是一种暗示,一种大自然对人类的暗示。可惜,我们人类太粗心了。生活的圈子太狭窄了,如果有闲情逸致,如果把眼光从喧嚣的地方错开,那么,你会看到很多东西,明白很多道理的。我已经看见了30次落叶了,也就是说,大自然已经给过我30次暗示了,暗示我生命是短促的,它终将遗弃我,正像遗弃这片刚才还在歌唱的落叶一样。

今年夏天,小红作为北京知青回访团的一员,回到了我居住的这座高原之城。她以惆怅的语调,讲起那个篝火之夜,讲起篝火旁边那个不知是男是女是老是少的思考者,讲起那一堆稻草是一个瓦窑堡老汉留下的。我想告诉她,那就是我,只是出于害羞,没有吱声。一时间我感到我与她是多么亲近,因为她曾经窥见过我的心迹。而这心迹,我平时总是将它包得严严实实的,不为世人所知。

我们这位才重一时的姑娘,身上仍然带着过去时代的重负。重负之一是,漫长的、动荡的插队生涯耽误了她的青春,她现在仍然是孤身一人。对于这一点,我是爱莫能助了,因为我已经是有了家室的人。重负之二是,她当年曾经满怀虔诚地说,要留在陕北,结果却走了,她觉得无颜见乡村父老。对于这一点,我可以大力帮助。我用一种雄辩式的、事外之人的口吻说:"他们的来是时代使然,他们的走亦是时代使然,与他们是没有干系的。任何一个头脑健全的人,都没有理由指着他们的背影说三道四。"小红握着我的手,热泪盈眶,感谢我的美好的、公允的语言;感谢这块土地的宽厚;感谢这块土地的款待。她说,插队经历将影响她的一生。

还有两位北京知青没有走,并且结成了夫妇。知青点上所有的人都走了,连带队的北京干部都走了,只剩下他们俩。生产队队长站在空荡荡的院子里,喊知青去上工。只有一个男的,从北边的窑洞走了出来;一个女的,从南边的窑洞走了出来。他们俩在院子中间停住了,两双探寻的目光遇到了一起,他们明白了:这是天意。那天晚上,两只从北京带来的白木箱子,就垒在了一起。那个篝火之夜,我看见那东山之巅,有半轮圆圆的月亮,冉冉升起。后来我才明白了,那不是月亮,是他们居住的半月形的窑洞里发出的光。北京人的第二代将在这荒原上出生。

那男的是个坚毅的人,是生活路上疲惫不堪的跋涉者。应一家杂志之约,我曾经采访过他,这是篝火之夜以后的事情。那一夜,我只看见那半轮月亮式的窑洞,在山巅闪着白光。我感慨地望着,心里想:地球上有些位置,就是需要这些耐得寂寞的人去填补的。后来,当他背着一个黄挎包,穿着褪了色的蓝制服,出现在我面前时,我想起俄罗斯民歌《三套车》里那句"你看那匹老马"。

关于他和她,以及他们,我将在另一篇题目叫《撬开一个男人的嘴巴》的小说里表现。

夜深了,我偎火而眠,恍惚中,看见两个身穿猎手装的人来到了火边。这是一对叔侄,我认识他们,因为他们是文学爱好者,与我住在同一个城市里。我以为自己脱离了烦人的城市了,谁知,并没有脱离,你走到哪里,城市就会像影子一样跟踪到哪里,真是晦气。两位猎人把山鸡的脖子扭下来,拔掉毛,在火边烤着吃。一股血腥味传过来,我没有理他们,佯装睡着了。他们吃净鸡肉,又喝光了我水壶里的水,便又钻进山林里去了。据说,他们叔侄俩准备仿效屠格涅夫《猎人笔记》的手法,写一部小说,谁知道,在一次狩猎中,叔叔开枪误伤了侄儿,这样,《猎人笔记》最精彩的一章,就不是用笔,而是用他们的正在冒烟的双筒猎枪写成的了。

接着,我的两位忙碌的朋友,也陆续回来了。

那位一心搞行政工作的朋友,采访写了一大堆稿件。这些稿件后来果然引起了不小的反响。但是,时至今日,他仍然在原来的位置上。我一直疑心,也许就是他那一堆稿子,引起人们的嫉妒之心,才没被提拔。当然,这仅仅是我的猜测而已。他仍然在尽心尽力地工作着,等待机会。生活嘛,该忍耐的时候就得忍耐。

我得去寻找往日初恋的朋友,也回来了。绥德姑娘果然到这里来过。她嫁给了一个农工,穿着裤子在新房里睡了三个月,就与农民工办了离婚手续,拿着城市户口,进城找我的朋友去了。按时间推算,她去找时,我的朋友已经结婚,因此,可怜的姑娘,一定是站在十字街头徘徊良久,然后投身别处去了。不知谁又添了一抱稻草,篝火在熊熊地燃烧着。我的这位人高马大的朋友,竟然呜呜咽咽了,痛苦地在露水初现的草地上滚来滚去。时至今日,他仍然在大千世界上寻找着他的绥德姑娘,不是向后寻找,而是追溯她以前的那些往事。他要把那一切幻化成艺术形象,写出一部类似《人生》那样的著作来。

至于我,那堆篝火离我已十二分遥远了。那篝火已经熄灭了,变成一堆灰烬,宛如一个圆圆的句号。那是我青春时代的结束,激情岁月的煞尾,独立思考的完成。我永远怀念着那很久很久以前的一堆篝火,那大自然怀抱里的一次聚餐。借着篝火的照耀,我看见了自己的灵魂和朋友们的灵魂。我正直地生活着。我的作品一篇接一篇地写出来了。我甘于寂寞,原想为世界减少一份喧嚣,没想到由于我的作品,却使世界更加喧嚣起来,这真是始料未及的事情。

生命太短促了,如果能使生命延长一点,那该多好呀!但这是不可能的事情。抬眼窗外,又见落叶了,飘飘零零。开始是一片,随即落叶如雨,翻飞在这座城市的上空,临于每一个路人的头顶。我也是一个路人,来路上的那一堆篝火,说是很久了,其实并不算久,就连我们的生命,也只是那短暂的一刹那,它又能有多久呢?难道,它会比生命本身更久远吗?

1977 年 12 月

黄河在他心中咆哮

假如，我写了十行诗，

来赞美秦代的兵马俑；

那么，我将写百行诗，

来赞美石鲁的画，修军的木刻。

——玉杲《唱给西安的情歌》

临分手的时候，他作了一幅《壶口瀑布图》送我，作为这次陪他游壶口的酬谢。一张小小瀑布图，引我又作壶口游；似乎又见那瀑布宛如一万头雄狮，凌空飞来，咆哮着，呼啸着，喘着粗气，跌落到我们面前，遂之吐出长长的、美丽的水雾，笼罩了远近的河谷和河谷低处的我们。

回家后未及装裱，就将瀑布图挂上北墙了。是夜月如昼，一缕月光斜斜地照进来，落定在瀑布图上，瀑布图便平添了一层扑朔迷离的美。我左看右看，越看越有味，渐渐觉得那瀑布活了，变成木刻家自己——我甚至能分辨出哪一缕是他雄狮般竖起的头发，哪一片是他棱角分明的脸庞，哪一块是他充满青春活力的身躯。

月光如注，瀑布图的线条冉冉张开，于是先前的一切悠然间无影无踪，我的眼前只有一团青气。气本是搅成一团的，后来渐渐顺了，合成一股，呈吞天吐海的气势；再后来，又轻轻地敛在北墙上，纹丝不动了。于是我又看见了木刻家自己，又看见了黄河壶口瀑布的景象。

上面一段痴语，一则为让你见识修军木刻的鬼斧神工，领略艺术的高深境界；二则为这篇小记定个抑扬顿挫的调；三则呢，那情那景，确实笔者的所经所历，不能不写，不得不写，不敢不写。

言归正传。公元1982年5月27日早晨，白杨树上的雀儿早早地唤醒了我们。我和宜川县文化馆馆长老傅——一位极豪爽的汉子和两位业余画家一起，陪修军同志去壶口。

修军，山东胶东人，当代木刻家，中国美术家协会会员，美协陕西分会副主席。他的木刻爱憎分明地反映了所处时代的重大题材，艺术上刻意追求，想象奇丽大胆，重神似而轻模拟，从而使他成为当代很有影响、拥有大量读者的木刻艺术家。

我们乘车在一条绿荫覆盖的山沟里行进。修军默默地坐着，不言不语。此刻，深沉的他，是为即将见到中国第二大瀑布而激动不已呢，还是正在头脑里构思——创造艺术的"第二自然"？

这次他参加了在延安召开的毛泽东思想讨论会后，本该是乘飞机回西安的。他摇了摇头，孤单单地乘了公共汽车，回到他1955年搞过统购统销的富县，回到日日夜夜想念的乡亲父老之中。当年的小姑娘变成半大婆姨，当年的壮年汉子如今也耳聋眼花，但他们还认得木刻家。婆姨赶回娘家看修军，老汉则一走一拐地把修军往自家屋子拽。修军噙着眼泪为他们写字作画。给老汉写个"寿比南山"，给姑娘写个"幽兰在深谷"，为退休教师写个"桃李满天下"，短短五天，竟写了100多幅，这里面寄托了木刻家对人民深深的热爱和美好的祝愿。他是爱他们的，他们也是爱他的，彼此爱得这么深。被人民看成是他们自己的艺术家是不容易的，修军应当以此为荣。

汽车拐过一个弯子，便进入了黄河河道了。左首是山，右首是山，中间一抹儿百里青石板平川，桀骜不驯的黄河，从青石板的中间勒一道深深的槽儿，鸡不鸣犬不惊地悄然而去。想不到，黄河在经过浩浩荡荡的千里行程，来到宜川地面后，竟变得这样细、这样静。细得像大写意家笔下变形了的少女腰，静得像月光下的田间小路。

先前我是见过黄河的，不过是从修军的木刻作品《黄河入海流》里。作品取材于壶口上游吴堡地段的黄河，它雄浑壮丽，热情奔放，完全不像我们今天所见到的黄河。我十分喜欢那一幅作品，曾经长久地流连于作品眼前，赞叹作者对黄河理解的深透，那时候，我就面壁想象这位可敬的木刻家的模样了：他是严峻的，脸上一定棱角分明；他是雄健的，病殃殃的人是创造不出来这样有魄力的场面的；他却又是机敏的，刀下的线条常常出人意料地跳跃，足见他是大家手笔，不墨守陈规，拘泥于章法之中。"他一定与黄河有某种特殊关系。"我默默对自个说。直到后来，我才知道他是山东人，是黄河咆哮入东海的目击者。

此刻，他正处于惊愕之中。他旁若无人，呆痴地望着在又深又窄的石峡底下如油如奶般静静流去的河水，说："看了吴堡那里的黄河后，我以为自己感受到了黄河伟大坚强的性格，经过酝酿，我抓起刻刀，刻下我的感受与理想。作品发表后，尽管是一片赞扬之声，我却常常感到迷惘，我感到自己还没有牢牢地把握住黄河的灵魂，我感到我胸中那一股奔腾咆哮的激情还没能淋漓尽致地喷泻出来，我坐卧不安，等待大自然给我新的启迪。不知为什么，我突然想起了壶口，于是我不顾一切地来到这里。果然，我从这里看到原来作品的功力不足。不说这些了，你们看这河水吧，它比我的《黄河入海流》中的黄河，更深沉，更含而不露。它深得很哪！当年的日本侵略者，面对它，望而却步。这里的老百姓说，九里十三丈，一年磨一针。他们说这里有九里十三丈深，是一年一针地磨成的。"

我们这些凡夫俗子，一时还体会不来这话的内涵。我们在黄河畔上的一户农家稍事休息后，便弃了汽车，顺着河的左岸，向上走，去寻壶口瀑布。

我们踩着河边的岩石。岩石颜色逐渐加重，先是深青，继成紫青，最后竟成了铁锭般的黑青了。岩石上分布着大大小小的井一样的石窝窝，这些"石井"上底与下底一般粗，有的一人多高，有的深及河底。听人说，河水卷着一块石头旋呀旋，钻呀钻，久而久之，就转成这样的石井了。我们很幸运，现在水小些，能见到它，等水大了，盖住了岩石，我们就只能见到旋涡了。

远方传来了闷雷一样的隆隆声，接着飘来了淡淡的潮气，我们手搭凉棚远眺，看见远远的黄河之上，好像有一只巨鲸在喷水。

修军已经铺开了画夹，专心专意地画起速写。他的面色已经趋于平静，就像我们刚才看见的河水那样安详、自负。但我看出他已吞黄河四千八百里灵气于胸中了；他将那气强按下去，让他继续成熟、圆满，然后伺机而发；那一发必将惊天动地。

他一边走一边画。老傅捷足先登，早将我们的水壶干粮运到壶口，盘腿而坐，闭目听瀑布吼。两位业余画家也在速写纸上尽心尽力地画着瀑布。"同一个自然，在一位画家写来，会光芒四射，在另一位画家笔下，会显得低微、鄙薄，虽然他未尝不忠于自然？不，不，这是因为里面没有一种光辉照耀的东西的缘故。这正像自然的景色一样，不管景色多么壮丽，倘若天上没有太阳，就总觉得缺少点什么。"我忽然想起了果戈理君这一席话，然后抬头望望天空。太阳是忠实的，它一直陪伴着我们，亲切地注视我们的神游。"让太阳的光折射到你们的画面里吧！"我真想对两位心平气和的业余画家这样说。

当修军画到第十张速写图的时候，我们来到了壶口瀑布跟前。到了，到了"黄河之水天上来"的地方，到了"千里黄河一壶收"的地方。我们禁不住欢呼雀跃。有一个磨盘大的石井，磨破了底，和瀑布底下临近河水的一块石舌相通。我们一个在底下托着，一个在上面拽着，把画家送下了石井。

黄河壶口瀑布扑面而来。它从青苍色的天空盘旋而下，它发出惊天动地的响声，它溅起长长的、美丽的云雾，把我们笼罩在它的云天雾地里。它是一万头雄狮的化身。

水雾特大，木刻家已经不可能画速写了。只见他脸上青筋暴起，哆哆嗦嗦地从口袋里掏出个木刻刀，仿佛要马上开始创作。石舌甚小，石舌之下便是刚从瀑布上落下的开了锅一般的河水。他手提木刻刀，在石舌上团团打转，仿佛要一跃而跻身于万头雄狮中间，随它们一起啃岩石、开通道、奔腾咆哮入东海。我们见状大惊，连忙悄悄地过去挽住他的胳膊。这时一朵又大又疾的浪花儿旋过来，舔了一下他的脚，亏我们扶住，他才没有倒下去。

"你们看，岩石拼命地扼它，把几百米宽的河面扼成了几十米，不让它前进。它硬是挣脱了。它汇集力量，从这里奔腾而下。或是钻窟窿，或是打旋涡，或是涌暗流，总之，它扩充河道，为自己拼命力争奔向远方的权利。于是便有了天下奇景——壶口瀑布，便有了这一段长长的、奇异的河谷。朋友，这是静止的力与运动的力之间的交锋呀！以不变应万变的岩石失败了，而向往前方的黄河取得了成功。这就是黄河之魂，这就是我们不屈不挠的民族精神，这也就是我毕生所追求的和企图表现出来的最高艺术境界。"

说完这一番话后，修军用他刻过《枣园春色》、刻过《黄河入海流》、刻过《好猫图》、刻过《山岳》、刻过《沃土》的笔，重重地在岩石上刻了一道。碎末落下河来，流走了。岩石上出现一道深痕。

至此，我先前见到的、听到的、感受到的、想象到的一切，便融为一体。修军，这位高尚的木刻艺术家，不正是像这昼夜不舍的河水那样，在祖国的大地上，用一把木刻刀，针砭假丑恶，礼赞真善美，为共产主义明天开拓道路吗？修军是积极的、向上的，不论是在炮火连天的朝鲜战场，还是在受"四人帮"迫害流落耀县的日子，或者是在他漫长的艺术生涯中，他始终是一名战士、一位强者。

中午时分，小风徐徐吹来，我们顺着原路返回。修军在缓缓地吐着气，他说，这一腔灵气还没有转化为形象，须将它慢慢放了，不然会憋出病来的，他要我写诗时也须注意这点。最后他说，壶口瀑布的咆哮声已经永驻他的心中了，黄河的坚强性格已经沉入他的灵魂里了。有一天，他终会创作出一幅他满意的作品。

"得多长时间呢？"

"不会很久的，如果不创作出来，那咆哮声会吵得我日夜难宁。"

后来他乘车到了黄陵，拜谒了轩辕庙，便搭便车返回了西安。当然，他还给我留下了那《壶口瀑布图》。

"这是即兴作品,不算创作,你欣赏就得了,不要拿出来示人。"临别时,他谆谆叮咛。

1982年6月

魔术师的口袋里装满忧伤

"诗歌,该怎么深刻而又凝练,我不懂,但我一直像中学生一样迷恋!"这是1976年《诗刊》复刊后,邵燕祥写的一首诗,诗名叫《中国又有了文学》。

此后这四五十年中,在这被文学绑架的幽暗时光中,这话屡屡涌上我的心头,并刺痛我的心。每次推托不过,去一些地方演讲,我念叨着"中学生一样的迷恋"这句话走上那个祭坛。坐定以后开讲,我的忧伤的目光看到的,是台下对文学"中学生一样的迷恋"的听者。

前几天有人告诉我,西安市原市长助理兼秘书长王志强先生死了。听到这话,我想起"中学生一样的迷恋"这句话。我坐在小区的草坪上,无喜无悲,坐了很久。十几年前,王先生托人说请我吃饭,说了好多次。我有些奇怪。素不相识呀!后来饭桌上他说,我是个老文艺青年,我正式拜过师的,我的师傅是你的好朋友。我笑着问是谁。他说是在延安南泥湾三台庄插队的北京知青高红十。

志强说,当年,西安市的"五七"干校在延安南泥湾金盆湾。每天晚上,收工以后,他要跑上十几里山路,拿个小本子,上到南泥湾稻田上面名叫"三台庄"的小村,听当时已经名噪一时的《理想之歌》的作者之一、北京知青作家高红十讲文学。

红十后来到了陕西人民出版社,再到中国法制报社。这个一代风云人物,大约也退休了吧!她和我同龄。她出生的日子恰好是苏联十月革命节那天,所以叫"红十"。

记得我曾给志强说,红十如果哪天回延安,咱们去陪陪她。现在,志强先生走了,这个可能也就没有了。

陕北人有一句老话,叫作"人活低了就按低的来"。我第一次听到这话,还是听路遥说的。去年今日,我在牛津大学,正遇毕业典礼,校方对我说,我们牛津,是为英国培养首相、为世界培养领袖的,例如撒切尔夫人,例如梅丽尔夫人,例如约翰逊,等等;他们都毕业于牛津。我在那一刻想起我们的西航学院,我说,那个遥远的位于世界东方的学院,它的大部分学生来自草根家庭,它的学院学习主要是学一门技能,为了糊口养家,从而不至于有一天饿死。我说这也很好呀!人活低了咱就按低的来!帝王有帝王的快乐,百姓有百姓的快乐,很难说哪种快乐更快乐!今年西安航空学院人文学院的开学典礼上,我把我上面这一段话说给孩子们听。

一位企业家素画一曲二只鹅并题上"鹅鹅鹅,曲项向天歌"一阕,又常起无妈的日子,那是爸爸妈妈一边唱一边喂鸡鸭的年轻坎坷,那温馨也那浪漫。

那一届文代会上,我专门找到张夫人。我说:"姐,我求你两件事,一、出《张贤亮纪念文集》时,将我在《南方周末》上那篇悼亡文字,一定收上。二、为了贤亮先生天堂里安宁,请务必善待马樱花。"夫人说:"马总已经离开影视城,去一个文物商店了。"我听后心里很难受,我说:"姐,那就当这话我没说吧!"

贤亮先生病后,我去宁夏看过他。影视城门口有个吊桥,两个兵卒守着。我喊道:"回去告诉你们张主席,就说陕西高主席来了,他说过,西部影视城我当一半的家。"兵卒见说:"回去禀报,一会儿,马总出来迎接了。"那吊桥,吱吱呀呀地放了下来。

那次贤亮老哥说了这么件事情。有一次中国作协开主席团会,会完后大家往出走。突然一个人急匆匆地从后边赶上来,把他肩膀一拍,说:"祝贺×主席连选连任!"贤亮说他扭过头来,那人一看认错人了,很尴尬。贤亮说他当时也很尴尬。原来有个与会者,个头和他差不多,那天也穿了个黑烤花呢半大衣。人在行将就木前说这件事,大约是一萦绕心头挥之不去的心结吧!

我画罗汉图,先学弘一法师李叔同。后来得知,弘一的罗汉图,取法于陈老莲(陈洪绶),接着再学陈老莲。接着又得知,老莲的罗汉图,脱胎于唐末五代时期著名诗僧贯休,于是再习贯休。贯休的《十六罗汉图》,现藏日本皇室内庭,得著名画家耿建先生推荐,荐以贯休十六罗汉拓本,愚拙者如我,以大喜悦之心情,直追汉传佛教罗汉图创作之源头,潜心研习,致敬先贤。2019年金秋时节,高建群饶舌如上。

专家认为，贯休的罗汉图，胡貌梵相，奇特崛诡，有别于汉传佛教大多数的罗汉图，这原因大约是因为，他修行的寺院（可能在四川吧），有几个来自天竺国的高僧，他是依他们的面貌而画。我却以为，也许更合理的推测是，这家寺院藏有自天竺国海运而来，未经陆上丝绸之路行走漫长中国化过程的原始经像。

佛教从2500多年前创立的第一天开始，便开始翻越帕米尔高原，一路东传。进入天山之外侧费尔干纳盆地，天山之内侧塔里木盆地，而后穿越河西走廊，落根中原，而胡貌梵相的胡僧形象，在这漫长的行走中，逐步成为慈眉善目、浑圆面孔的中国人形象。

广游五印，西行求法第一人名叫法显，山西临汾人。他从长安城草堂寺出发，在印度那烂陀寺学成以后，从加尔各答登船，又在斯里兰卡滞留两年，再登船历经八个月，陆去海还，从中国青岛登岸，回到中国。

登岸后，青州刺史到码头迎接。法显高僧手捧迎取回来的经像，众人簇拥在后一路前行。贯休所画之罗汉图，当是这种海上迎取回来的经像，甚至有可能就是法显高僧手捧的那幅。

法显后来没有再回到北方。"南朝四百八十寺，多少楼台烟雨中。"高僧晚年在这里游历。他圆寂于彭城（今徐州）新寺。季羡林教授据《佛国记》推算，高僧享龄83岁。

2019年9月

我有一言应记取，文章得失不由天

1993年5月20日，《最后一个匈奴》座谈会在京召开。前辈们给这本书以高度评价，认为作者完成了他的史诗意图，认为这是新时期以来西部文学代表作品。著名记者韩小蕙女士，以《陕军东征》为题，报道了这次会议，并透露了稍后出版的陕西另外几部作品的信息。

陕军东征现象热闹了大半年。不管怎么说，作为社会来说，这是希望中国文坛有所作为的一种良好愿望。至于小说是否达到人们的期待，我看未必。此后，又有人称这场热闹为"五鼠闹京华"。褒耶贬耶，不去理论它了。外国人说得好，过高的赞扬是激起批评的最敏感因素。古人亦说得好："我有一言应记取，文章得失不由天！"

句号已经画过，包罗万象，包括书本身。现代社会，可供热闹的还很多。

我在《最后一个匈奴》出版后，写的一些文章，它们曾经发表在一些发行量很大的报刊上，并且每一篇都引起过大的反响。之所以将它结集为《匈奴和匈奴之外》，不为别的，正是为了将这个句号画圆。我将打点行装，清理思想，开始我新的劳役了。

如果说这里顺便还有什么话要说的话，我想说，我确实是怀着真诚的愿望，试图记录下一代人的历程，记录下20世纪的行动轨迹的。当我站在中国的昨日红都——延安，注视风云激荡的来路时，我像沉郁而豪迈的拜伦一样，唯一能做的事情，是脱帽向历史的昨日致敬。不论社会发展到牛年马月了，我们都无法割断历史，我们是从历史进程中一步一步，走到今天的。所有的获得都将成为遗传。

我还想向两位高贵的女性，表示我的敬意和祝福。一位是小说中"丹华"的原型臧若华女士，另一位是我的责任编辑朱衍青女士。由于她们的存在，这个世界变得不那么让人不能容忍了。

我还感激我的几十万读者。我常常想，我是为他们而写作的，或者再危言耸听一点，我是为他们而活着的。他们的错爱常常令我诚惶诚恐。

为了写《最后一个匈奴》剧本，我已经将自己的创作计划，推迟了半年。现在剧本已告完成。几天以后，我将应臧若华女士、郭林女士之邀，与张子良先生一起，到香港、深圳一趟，回来后，即去新疆，开始我的另一个长篇《要塞》了。

1994年2月

一场秋风老少年

第四部分

DI SI BU FEN

杜梨花开满山白,野花开到白杜梨
——黄土高原上的杜梨花

荒凉、贫瘠,莫过于吴旗者。土黄色的高原,很少见有植被。几根庄稼,种在五六十度的坡上,春天种上,秋天收了,大地仍是光秃一片。人类多居住在半山腰的窑洞里。地在山上,水在山沟,住在半山腰,可两头兼得。汽车在公路上行走,偶尔从低矮的、安着栅栏的窑洞里,爬出一个不穿衣服的、满身是土的孩子,你会吓一大跳,继而,你会为这些当年曾为中国革命做过特殊贡献的人们今天的生活,感到难受。

美国作家斯诺写《西行漫记》时曾说:"人类能在这样恶劣的自然环境下生存,简直是一个奇迹。"斯诺是50年前说这话的,现在,条件当然比过去好些了,但是,变化还是甚小,据保守的统计,贫困户约占全县总人口的65%(1979年)。县长是个精力过人的中年干部,谈起这些,神色黯然。吴旗是1934年解放的,属全国最早的并且没有被敌人占领过的解放区。在我们手中建设了50多年,建设成这个眉目,说起来,应当内疚。

吴旗县上年纪的人,识字者很少,而且大都是些穷人。此话怎讲?原来,吴旗解放后,曾办过识字班,富人不愿意去上学,就雇了些拦羊娃去支差。如此说来,也是一桩笑话。

当年这里是一片荒凉。红军长征到达这里时,全城只有七户人家。几间破旧的茅屋,依山而筑。一条浑浊的河流,寂寞地奔流。一条驮盐队踩出的白色盐碱小路,顺着河谷,一直通向宁夏的盐池。

中央红军在一个深秋的日子来到了这里。没有住宿的地方,大家只好抱着枪,散开来,在荞麦田里坐了一夜。秋风萧瑟,白霜漫野,哀鸿鸣叫着从空中掠过。谢觉哉老人在他的诗里,真实地记下了露宿吴旗镇的情景。

红区在前,白军在后。喘息未定的红军,利用这里的山势水势,打了个漂亮的"割尾巴"战斗,全歼了尾随的国民党骑兵,继而进驻保安,进驻延安,揭开了中国工农革命史崭新的一页。

从此,红军长征落脚的地方——吴旗镇,便载入中国革命的史册,为世人所瞩目了。

50年后的今天,吴旗镇已经成为黄土高原上一座具有一定规模的城镇。并更名吴旗,成为吴旗县委、县政府的所在地。

和陕北一些富足的县城相比,这里的建设自然稍嫌简陋,但是，如果记得这里原来只有七八户人家的话，我们就不得不为这里变化的迅速而吃惊了。

一条宽阔的街道，街道两旁是高高低低的建筑物：商店、食堂、电影院、邮局、体育场、学校……一个小县城应当具备的这里应有尽有。

这里地域辽阔，街道比实际需要修得宽些。马儿拉着一车半干的绿草，从街心嗒嗒走过，绿草发出一股草原的气味。这里的山脉显得平缓，低矮，线条丰满，这是地理上更接近鄂尔多斯的缘故。

一条黑色的柏油路从镇子背后、洛河岸边穿过，南抵延安，北达盐池，一辆辆运盐车和别的什么车，飞也似的来来去去。

洛河水唱着古老的歌。战国时期，大将吴起曾在此驻营。如今，一切痕迹都随河水流走了，只有"吴旗（曾为"起"）镇"这个名字，让人产生许多的联想。

洛河上新架了一座规模可观的桥梁，将市区和著名的胜利山连接了起来。

胜利山——这座因"割尾巴"战斗而得名的普通山，现在成了一座雄伟的纪念碑，两万五千里长征路尽头的一个感叹号，它宣告了长征的胜利结束，宣告了中国工农红军是不可战胜的。

山上现在密密麻麻栽满了杏树。春来一山灿烂的花，让人想起那难忘的岁月，想起那把自己灿烂年华献给中国革命的牺牲在长征路上的先烈们。

在一个细雨蒙蒙的傍晚，我们登上了山顶，看到山上的青草坪上，横七竖八，有着许多的坟墓。陪同的同志说，红军战士战死后，就地掩埋在这里，无名无姓。

距胜利山主峰二里之遥，靠近洛河的山坡上，有一棵杜梨树。当年，毛主席部署完战斗后，曾在这棵树下小憩。他太累了，他对警卫员说："如果枪声激烈，说明情况正常，就不要叫醒我；如果枪声稀疏，说明情况有变，赶快叫醒我。"

毛泽东同志逝世后，那个警卫员来到胜利山，寻找这棵树，寄托他的哀思。时过境迁，陕北多的是杜梨树，谁知道主席小憩过的是哪棵。他选定了一棵，站在树下拍了个照片：权当是它吧！反正，陕北的树木，每一棵都会向领袖伸出自己的手臂的。

哦，像那些经久不息代代相传的传说一样，这杜梨树的故事已经演绎成民间传说了。他看那牧羊人，正在唱着关于他的歌。

各路新闻记者云集吴旗镇，报道这个小镇的变化，报道长征路上的变化，还有记者从江西瑞金出发，沿长征路日夜兼程，向这里赶来。10月，这里将要举行一个盛会，纪念红军长征胜利50周年。

夜晚，暮色四合，吴旗镇淹没在黄土高原的千山万壑中，与高原融为一体，只有胜利山上那卫星地面接收塔上的红星，在闪烁着，闪烁着。

我沿着黄土高原一条冰封的河流向前走去。这天，阳光柔和而温暖，几只带哨的鸽子在我头上不停地盘旋。

我一个村子一个村子地走着，看见路旁边有个老人在为树苗松土。他蒙着一条羊肚手巾,脸上皱纹重重,棉衣和头巾上扑满了尘土。你打声招呼。他也许是个聋子,听不见。那准是被炮火震聋的。你遇见的倘若不是聋子,他会眯起眼睛——那眯起的眼睛活像满脸皱纹中粗一点的皱纹一样,向你友爱地笑一笑。如果你态度恳切一点,问他这里有没有老红军,他就会笑着说"我就是",或说"警三旅"的,或说"三五八旅"的,或说"三五九旅"的。于是他就会给你讲起那令人怀念、令人激动的岁月。

他们几乎都是大军南下时,因老弱病残留下来的。有的是本地人,家里有妻小;有的是外省人,在山村找了个寡妇什么的,安个家,度过后半生。几十年来,他们在这块贫瘠的土地上,和普通的农民一样,默默地劳动着,承受着艰苦、幸福和快乐。

我就在这样的环境、这样的气氛中生活着。有一天早晨,我站在一个山峁上,看冬日的太阳从远山升起。那每一个大馍馍一样的山头上,都长着一棵苍劲挺拔的老树,供人们夏天乘凉。"那是杜梨树呀!多有益于人的树啊!"我激动地呼喊起来。

我默默地走到近处的一棵树下,摸着它的冰冷的树身。它春日的白云般缭绕的杜梨花没有了!夏日的绿色花盖没有了!秋日的累累果实也没有了!我望着它稀疏的枝条和苍老的树干,透过它们,我看到了远方正在上升的太阳和晨光中我亲爱的高原。

生活在黄土高原上的老红军啊,他们的青春也曾像杜梨花一样洁白芬芳,他们的斗争生涯也曾像绿色花盖一样荫及他人,他们英勇的献身精神也终于结出了累累的果实。不,他们就是这一棵棵的杜梨树，看来朴实无华，却默默把自己的一生贡献于人民啊……我从树下拾起一颗杜梨，放在嘴里嚼起来，它很甜很甜。

注：2007年6月，吴旗镇正式更名为吴起镇。

1979年5月

划拳的艺术

每一件事情,干到精深处,都可以成为艺术。

由于职业的原因,我见过许多的酒宴场面,大到高级宾馆的宴会,小到山乡野店的聚餐。在这种场面,我常常是一个旁观者。我不会喝酒,也不会划拳,所以,每次,开头的时候,都要惶恐一阵子。但不过一阵子。待到酒过三巡,真正的划拳能手和喝酒能手便按捺不住了。他们抛开虚与周旋的我,开始寻找对手,公鸡的冠子开始愤怒地爹起来了。

这种寻找往往是以挑衅作为前导的,一句出言不逊的话,惹恼了对方,于是立即出来应战。高级一点的寻找,是用奉承的办法,比如"你一定能喝,你如果划起来,这里面没有对手",等等。这种办法最容易激起对方的好胜心。好胜心一起,脑子便发热了。再加上几杯酒，一场风暴便开始了。

这时，我便成了事外之人，站在风暴的中心——一个安静的角落，点起一支烟，等待着风暴的过去。

我相信，每一个划拳能手，当他划到旁若无人的境界时，他的天性便完全地显示出来，正如一个作家在他的作品里显示出自己的天性一样。遗憾的是，只有那些第一流的作家，才能在创作中进入自由状态，才能不受任何约束地准确地显示出自己的天性。大部分的作家都做不到这一点，所以他们是二流的或者三流的。划拳能手却能轻而易举地做到这一点。

生命的狂热在驱使着他们，过盛的精力在驱使着他们。你看吧，两个能手正在角逐，手臂在一张一弛地挥舞着，手指在运用自如地伸屈着，整个身子在极富韵律地摇晃着，全部身心都沉浸在一种癫狂之中。那姿态之美，那配合之默契，也许只有双人芭蕾可以与之媲美。而他们的声音，那是怎样的声音啊，或大声疾呼、或小声碎语，或金刚怒目，或温文尔雅，或拉长嗓音奇妙地咏叹，或缩短音节排炮般地出击，简直是像一对二重唱演员在做即兴表演。划拳当然有胜负之分，那胜者，立即显示出胜者的气派来，手指指处，强令败者一口喝下。那败者，也立即露出败者的风度，端起酒杯，昭示四方，然后仰起脖子，一饮而尽，反而从气势上压倒了胜者。

一回罢了，一回再来，直到满桌狼藉，瓶底朝天，才突然意识到玩得有些过分了，让领导瞧见了，不知该怎么想呢，于是该摸头发的便摸了一下头发，该扣风纪扣的便扣紧了风纪扣，该拽衣角的便拽了拽衣角，大家又回到驯良的中国人的形象上了。

最后，激起一旁被久久冷落了我来喊一句"各人门前清"，结束。

划拳真是一门艺术，而且是一门有酒助兴的艺术。我是坚决相信，每一个划拳能手，如果能稍稍涉猎一下艺术领域的话，一定会有所成就的。

1983 年 4 月

火车上的故事

我喜欢一个人旅行。一个人旅行,你可以完全地丢开原来的你,混迹在一群陌生人中间。你可以把自己装扮成一个严肃的绅士,西装革履,一言不发,让四周感到高深莫测;你可以成为一个饶舌的旅客,以一支烟作为诱饵,和左邻右舍一路大侃;你可以把自己想象成一个流浪汉,不拘小节,出言粗鲁;你可以把自己想象成一个轻薄儿,主动地、不顾面子地和周围的人搭讪。这一切都视你当时的心境而定。

1991年暮春我去北京,火车马上就要开了,我的右手,靠窗户的那个位子还空着。我有些担心,怕这会是个满身雪茄味的粗鲁的男人,或是一个有着琐碎的自尊、处处要些小聪明的世故女人,我希望会遇到一个聪明的、年纪轻一点的、个头小一点(这一点完全是为着我的利益着想，火车上的座位本身就够窄）的女孩。

我的呼唤应验了。突然闯进来了几个高声说话的男人，将行李往我的头顶的架子上放。我正有些沮丧，男人们后边，一个身材单薄的、穿一身牛仔服、留一个男孩子那样的短发的女孩，坐在了我旁边。男人们叮咛了一阵，下车了，我本来希望，他们会给我叮咛两句，让我照顾我的芳邻，但是没有。他们下车了。

已经忘记了，我是怎样找到借口，和她说第一句话的。在漫长的、无所事事的旅行中，这种借口大约并不难找。在拉话中，她让我叫她"电台小王"，她说她是一名地质队队员，基地在西安，经常野外作业，西藏、青海、新疆是常去的地方。考虑到她的年龄，我很怀疑她这话的真实性，但是她说这话是真的。她还说，她的男朋友在北京进修，她这次去，就是看他。

我责无旁贷地承担起了照顾这个女孩的义务。我对同车的人解释说，这是一位离家出走的中学生，我在西安街头发现了她，学一回雷锋，我现在把她送回北京去。同车的大爷大娘听了，在惊叹过后，都开始教导这个女孩。女孩听着，并不争辩，只一个劲地抿着嘴笑，脸上不时地做出个鬼脸。

夜深了，在火车的有节奏的响声中，女孩枕着我的肩头，睡着了。我有腰痛的毛病，但是，我努力支撑着，不打搅她的睡眠。后来，我实在支撑不住了，就取下一个包来，让她头靠窗户，枕在包上，她的腿不妨伸直，放在我的腿上。

她睡着以后，脸上还不时露出丰富的表情，这是在做梦。我这时候想起了两句诗,是戴望舒的:守着你的梦,守着你的醒。

清晨,她从梦中醒来,不好意思地对我笑了笑,然后穿上鞋,拿了一个大毛巾,去洗脸。这个大毛巾,让我肯定了她确实是地质队队员。

清晨,当火车在北京站还没有停稳时,她对着窗户,像一个孩子那样突然尖叫起来。我往窗外一看,见一个毛毛躁躁的小伙子,也在窗外,一边挥手,一边尖叫,想来,这是她的那个"他"了。

女孩和我迅速地打了声招呼,就背着一个小包,下了车。当我迟缓地背起行囊,下了车时,女孩和她的男朋友,站在外边等我。女孩说:"就是这个人照顾我的!"于是,那个小伙子走过来和我握手,说些客气的话。

当走出检票口,来到广场上以后,我看见,女孩紧紧地搂着男朋友的脖子,一边笑得弯了腰,一边走着。当他们从我面前走过时,他们已经不认识我了。站在灰蒙蒙的车站广场,看见女孩的头发一撩一撩地,没入人流中,我突然有些痛苦。好像自己小心侍着的一盆花,现在被人抢走了似的。但是接着,我就为自己的痛苦可笑了。已经下了火车,各人又回到了自己的位置上,你没有必要痛苦。火车上的故事已经结束。

1992年初夏,在西安开往延安的火车上,我的对面,坐着一位女孩。这趟车很空,整节车厢里,只有寥寥无几的几个人,而这一处的位置,只有我们两个。

女孩仍然是一身牛仔,旅游鞋,头上剪着短发。但这个不是

"电台小王",她是一位女记者。

我们的第一次拉话是在售票处。我刚买完票,离开车还有20分钟,后边,一个人匆匆地赶来了。"这里是买延安那趟车的车票吗?"听到她的话,我回答说:"是的。""还能跟上吗?"我说:"可以。"买完票,她又问怎么走,我说:"你跟我来!"气喘吁吁地上了车以后,对号入座,她坐在了我的对面。

火车开动以后,她从背着的小包里,拿出一堆报纸来,摊在小桌上看。见我看她,她又拨给我几份。她说办报纸的人,却经常没时间看报纸。这话告诉我了,她的工作和报纸有关。于是我说:"我也办了十多年的报纸,在一家地方报。咱们这里,把办报纸的,叫'喉舌',北京人不这么叫,他们叫'口条'。"

"口条"这个词儿,把女孩逗乐了。她递上她的名片,我也递上我的名片,看到她的名片后,我说我认识他们报社许多人,于是,我掰起指头数起来。这样,我们亲近了许多。

她很漂亮,浑身上下充盈着一种文化韵味。我说,我最初以为,她可能是个大学生。她说我猜对了,她西大毕业还不到一年。看着她那南方人的鼻子和嘴唇,我又说她大约是江浙一带的人。她说这回是猜错了,她是北方人,不过,她确实长得像南方人,同事们都说北人南相,必有大福!

我们开始热烈地交谈起来。拉的最多的话题是文化上的种种现象。我们把这次相遇看作一种缘分。双方都很激动,都有些神经质,都发现原来世界上还有个和自己志趣这么相同的人。后来上车的人,都用有些诧异的目光,看着这两位热烈的、迫不及待地倾诉的交谈者。

1991 年 4 月

空空如也古羌村

凭着手中的一卷《鄜州志》,凭着《全唐诗》里一条小小的注脚,凭着对一代诗圣千年未泯的思念之情,我们终于在黄土高原一面向阳的山坡上,找到了羌村。

正值初冬,四野萧条。风从鄂尔多斯方向吹来,给高原带来无尽的悲凉。极目望去,不见一丝绿色,甚至树木也不多见,只有那一年一枯的蒿草,在风中抖动着腰肢。

空空如也,羌村已经不复存在,更不用说那杜老夫子曾经咏叹过的鸡鸣狗吠,儿女绕膝的田园风景了。这儿只是一片废墟,一面黄土高原上普通的山坡,与四周那些不曾建立过村庄、不曾居住过人类的山坡毫无二致。

这面山坡上,险些的地方生长着荆棘和灌木,信手拈来一颗红透了的酸枣，填在口中，酸中带甜；平坦些的地方是疏松了的黄土地，地里生长着越冬的小麦，麦苗针尖般大小，趴在地上，或站在远处才能看见，一副不胜冬寒的样子。麦田里立着几块残碑断碣，都是明清年间竖立的，为羌村而立，为杜甫而立。

据同行的一位朋友说，杜甫当年居住的，是我们脚下如今已经塌陷了的三孔土窑。但据《北征》《咏怀》诸诗中说，杜甫当年居住的当是茅屋。也许朋友是穿凿附会，也许杜甫是艺术加工，孰者是孰者非，不必去认真它了。望着那藤蔓缠绕、荆棘丛生处，遥想当年杜老夫子一家团聚的情景，令人对岁月沧桑、人事变迁，不觉感慨良多。

唐宋以来，陕北屡屡成为兵家必争之地，房屋废弃，土地荒芜，人民或遭杀戮，或被迫流离失所，百里不见人烟。战事一毕，人们重新回到这块土地上，繁殖生养，糊口度日，稍有闲暇，便怀着绵绵情思，凭一部《鄜州志》，凭《全唐诗》里一条小小的注脚，凭散见于民间的各种各样的传说，找到了羌村，寄托自己对一代诗圣的热爱，正如今日之我一样。数十年前，一位老者，于战事倥偬之间，骑一匹瘦驴，领一名书童，也曾来过此地，面对空空如也的羌村，发出"茫茫诗魂千古在，我来何处访羌村"的哀叹。老者叫林伯渠，时任边区政府主席，羌村正在其辖治之下。

自羌村出沟 15 里，便进入大申号川。言说大申号原名大圣号，为记录一代诗圣鸿迹所至，后历经岁月，讹传成此。大申号川东去 15 里，便是有名的洛河，鄜州城雄踞于大申号川与洛河相交处。城中尉迟敬德督造的宝塔，经风雨斑驳，战火炙烤，如今仍高耸于西山之腰，招摇于洛水之滨。

当年长安失陷于安禄山之后，君王南走，马嵬坡前贵妃自缢。杜甫携带一家妻小，取道北行，经白水、韩城至宜君玉华宫。玉华宫是李世民为避暑修建的辉煌行宫。当年宫女如花满宫殿，此刻瓦砾一片凄凉地。望着这断砖残垣中曲曲弯弯长出来的几朵野花，诗人热泪盈眶，以诗记史。遂继续北行，至三川，正遇水涨，急不得过，乃口赋《三川观水涨》，传达出诗人忧国忧民的一贯主题。过三川后，不远处就是鄜州。鄜州小住数日后，仍不稳妥，便携家小，隐居羌村。

此时李亨在甘肃灵武称帝，是为唐肃宗。杜甫闻讯，对家小稍作安抚，便惶惶北上勤王，经美水泉，过延州，到芦子关。芦子关乃延河源头，地势险要，杜甫过芦子关时，曾作《塞芦子》一首，诗中说："延州秦北户，关防犹可倚。焉得一万人，疾驰塞芦子。"

北出芦子以后，便为史思明所掳，送入长安大狱。平原上的月光，斜斜地自天窗泻下。国已不国，家已不家。诗人首先想到国家的灾难，接着又想念那远在穷乡僻壤的妻子儿女：今晚上鄜州古城上空的月亮，只有妻子独独的一个人看了；尤其令人伤心的是，孩子们还小，还不知道想念关在大牢里、生死未卜的父亲呢，遂作《月夜·今夜鄜州月》。

嗣后安史之乱平息，嗣后杜甫来羌村接回家小，嗣后羌村与诗人这一段缘分结束；嗣后羌村成为一块令人辈辈凭吊的地方，哪怕它已空空如也。

冬日的阳光和煦地照耀着，好久好久，我的思维才从往事中解脱出来。同行的一位陕北民歌手、电影《黄土地》插曲的演唱者，突然引吭高歌起来。歌声响遏行云，引得山谷间一片回声。远处，山的那边，宁静的天宇下，一股白烟直直地升起。也许，当年杜甫就是循炊烟而来，找到羌村的。

是为古羌村记。

1983 年 1 月

刘萨诃的故事

广游五印、西行求法的第一人名叫法显和尚。俗姓龚,山西临汾龚家庄人。他3岁时被送入寺院,60多岁时和四个同学一起,从长安城草堂寺出发,西行取经,12年后从印度那烂陀寺学成归来。他出发时的时间是公元400年。

在张掖城夏坐时,他带了两个一起夏坐的修持者,在于阗城夏坐时,又相约了两个追随者。这样一行变成九人。夏坐又叫雨安坐,是一种修持行为,大致时间从每年3月16开始,到6月15结束。这段时间大约是印度国的雨季。

刘萨诃这个历史名字的出现,是在于阗夏坐时,法显在他的天才著作《佛国记》中说,收留了两位志同道合者,一起前往天竺,其中一人叫刘萨诃,匈奴人,籍贯是陕北,不知怎么流落到了西域。

而在另外的史书上，则记载刘萨诃是内蒙古包头地面的匈奴人。看来刘萨诃是匈奴人，这无疑问。天下匈奴遍地刘，这大河套地面的刘姓，大部分应当是曹操与三国时南匈奴单于呼厨泉的后人。在邺城签署那个五分匈奴的协议后，匈奴五路诸侯，全部从汉王室姓刘。

后来在法显翻越小雪山的时候，死了两个人，在翻越大雪山的时候，又死了两个人，又有两个人畏难而退往回走。到后来，法显只剩下两个同伴了，这里面就有刘萨诃。这天，刘萨诃面露难色，他对法显说，他想往回走，他似乎觉得，他重要的使命在一个叫敦煌的地方，这样两人抱头而哭，尔后，刘萨诃独自一人，又重新翻过大雪山而去。

剩下来那个随行者，后来也没有随法显走到那烂陀寺。《佛国记》中说，这位僧人后来在五河口（五条河流在这里交汇，位于恒河中游地区）的一座寺院里住下，他对法显说，他觉得这地方最适宜他了，权把这里当作他的家乡吧！

法显后来独自一行走到那烂陀寺后，学成后陆去海还，从印度加尔各答登船，中途在斯里兰卡逗留两年，后来登五百商贾大船，历时八个月航程从中国青岛登岸。

刘萨诃后来回来了没有？这是一个谜。直到 20 世纪初，人们从敦煌莫高窟的藏经洞里，翻阅那些尘封千年的敦煌文书时，从字缝里跳出"刘萨诃"这三个字。这时候他已经是一名有身份的僧人

（执事之类），是敦煌莫高窟最早的建造者之一。

敦煌莫高窟最早的建造者，还有乐僔和尚。敦煌出土的一个断头碑上记载说，一个名叫乐僔的僧人，自东而来，看到鸣沙山下、红柳河边，霞光万丈，状有千佛，于是感受到了某种使命，于是泪流满面，开始在岩上打造佛龛。

那第二个，就当是鸠摩罗什高僧了。高僧来到这里时，胯下的白马累死了，众人掩埋了白马，在上面起了一座白马塔，接着建白马寺，修完塔和寺以后兴犹未尽，于是开始在岩石上叮叮当当凿佛窟。

这第三个大约就是我们的匈奴人刘萨诃。他安全地翻越了大雪山、小雪山，回到第二故乡地和田，接着去敦煌，开始他的伟大功造。

刘萨诃的故事还没有完。有一个著名的"凉州瑞像"的说法，主角就是这个刘萨诃。传说，从敦煌地面来了一位高僧，名叫刘萨诃，在凉州地面，他见到御谷山顶霞光万丈，状有千佛，于是开始在山间修建佛寺，制造传说。看来，这刘萨诃将敦煌的故事，在凉州（今武威）又重演了一回。

刘萨诃后来怎么样了呢？写完这篇文字，搜百度，百度上说，他自凉州折身西行，至酒泉城西七里涧，无疾而终。当地民众在此修建骨塔、寺院以祀。

另外，百度上还说，刘萨诃的出生地是陕西省宜川县西北，出生年月是公元345年。此说也一并录入，供好事者探究。

2019年12月6日

小说家

小说家大都是些做白日梦的家伙。他们妄自尊大,视偌大世界为掌中万物,指缝间可走马,股掌间能行船,生生死死,恩恩怨怨,全在一念之间定夺。

他们藐视真实世界中的空间与时间,翻手云,覆手雨,让时间重新排列,令空间任意大小。他们其实是一些魔术师或者巫师,在念念有词中,从神秘莫测的道袍下,掏出一个个角色,给他们以血肉与灵魂,然后站在自家的阳台,点着稿费,叼着烟斗,带着对人类嘲讽的微笑,看着这些自己的替身或若天使或若恶魔地在世界上游荡,不时叩击着谁家的门环。

小说家同时又是一些严谨和真实的近乎迂腐的人。他们视生活为唯一的上帝。他们把生活是创作的唯一源泉这条戒律写进教科书里。

他们笔下的每一个细小的细节都准备随时接受拿着显微镜的先生们来挑剔。他们的每一个异想天开的想象其实都是生活的折光。他们严格地按生活的逻辑行事，哪怕逻辑将他们引入痛苦的深渊。他们从来没有随心所欲过。他们是奴仆，他们的笔只能听命于书中人物的安排。

这两者奇妙的结合，便构成了一个矛盾的统一体——小说家。

当然，阅历、气质、教养和时代的风尚，决定了小说家有时会让其中的某个方面占据优势，于是成为他的主要的风格。但是，在本质上，他们是一样的。

这还不是一个小说家的全部。

小说家同时生活在双重世界上。一个是臆想的世界，如前所述。另一个是真实的世界，他在这个世界上，需要工作、休息和做爱，需要承担起父亲、儿子和爱人的义务，需要应付纷攘而来的一切。乌纳穆诺所说"人生本身就是一次苦难"这句言之有理的话，那么，小说家就要承受双倍的苦难，因为他生活在双重世界中。

当然，这怪他，他完全有权利随时关掉通往另一个世界的大门。

但是，他完全愿意自作自受。这其中必有缘由。缘由何在呢？原来，小说家在臆想的世界中，寻找到了一种奋斗的快乐、表现的快乐、征服的快乐。

那么就让他去吧，去干他喜欢干的一切。不必怜悯他，不要干涉他，也不要眼热他呕心沥血之后得来的那点菲薄的副产品。只是，如果是他的朋友的话，不妨时不时提醒他几句：每次不要在臆想的世界中留恋过久，以免成为其中的人物而不能自拔，以致发疯，以致向自己的脑袋扣动扳机。文坛这样的掌故已经够多了，你不要再为喜欢嚼舌的人们去增加一个。

小说是一种奇妙的艺术，一种深刻的艺术，一种包容万状、无远弗届的艺术。20世纪是小说艺术独占鳌头的时代，这是有它的原因的。我已经从事小说创作十余年了，至今还视小说为一种大神秘，视小说创作为畏途。我敢带几分羞怯地自诩自己是诗人或散文家，但是对于小说，我只能遗憾地认为自己迄今只是个学徒而已。

我写《遥远的白房子》用了一个礼拜，我写《伊犁马》用了四年。然而，后者也许不如前者。四年的呕心沥血也许不如一个礼拜的即兴创作，这事真叫人纳闷。也许期间真有一些非人类目前的智力所能认识的奥秘左右着吧。

1985年8月

一场秋风老少年

第五部分

DI WU BU FEN

敦煌莫高窟的龟兹乐舞
富建辉壬寅岁画

匈奴和匈奴以外

高家是渭河畔上一个古老的家族。两千多口人丁，像一种叫扒地龙的野草一样贴着渭河南沿的老崖居住，经年经岁。

我的母系在河南扶沟，黄河花园口决口后，逃荒到黄龙山一个叫白土窑的地方。这时，恰好我的爷爷也带领全家逃荒到这里。两家成为邻居。后来，母系一家，除母亲外，全部死于克山病，于是黄龙山托孤，母亲顾兰成为父亲高山的童养媳。这是20世纪40年代初期或中期的事。

我生于农历1953年腊月二十七（公历是1954年1月31日）。这时全家除父亲在黄龙参加工作外，其余已举迁临潼老家。我出生时家里正在盖房（开始合作化了，所以把渭河滩地里的树砍掉盖房），所以单名一个"建"字，"群"则是我们这辈都必须挂的一个字。

　　大约是 1954 年或 1955 年,我随母亲和姐姐来到延安,住在清凉山下的窑洞里。当时父亲在《延安日报》当记者。这之前曾经发生过一件事情,母亲抱着一岁的我,回了趟河南,不打算再回来了(责任在父亲,他不愿意或者说蔑视这桩婚姻)。母亲后来还是回来了,她放心不下姐姐,并且觉得这家人还是不错的、可靠的。

　　这件事是父亲去世后,母亲说的。

　　在清凉山石窑洞里的事情大部分我已不记得。只记得窑洞一分两截,我们家和张子萼一家共同居住。据说父母上班后(母亲在报社印刷厂上班),将我用一根绳子拴在门槛上。延安大桥建设时的情景我还有一点记忆。记得这是群犯人修建的(起码是建筑工人中有大量的犯人)。延河畔上摆满了石头,犯人们唱着凄凉的歌曲,手拿铁器叮当有声,我坐在旁边,静静地看着,眼里饱含着泪水。这个狄更斯式的细节本来早已淡忘,只是在看他的《远大前程》时,这一幕突然闪电一样被重新唤起。

　　1958 年"大跃进"时号召干部家属返乡。这样母亲带着我和姐姐弟弟重返高村。后来在劳动中,母亲患了重病,只得又到父亲这儿。父亲这时在黄陵工作,于是我们家就安在黄陵。

　　姐姐已经上学,弟弟还在吃奶,所以他们跟着来了。我则留在家里,和爷爷、奶奶渡过了苦难的三年困难时期。

　　糠、菜是主要的食物。我们吃过粗油渣,吃过用玉米芯磨成的炒面,偷过生产队的苜蓿,尝尽了贫穷和屈辱的滋味。如果没有祖母伟大的爱，我也许不会活下来的。我应当永远记着她。

我是 1961 年开始上学的。一学期行将结束，我还没交学费（一元钱）。课堂上，老师说："大家羞他！"话音未落，满教室嘘声一片。我哭着从教室里冲出来，穿过田野，跑回家中，扑进奶奶的怀里大声痛哭。

奶奶颠着小脚，挨门挨户，揽着给人纺线，用纺线挣来的一元钱给我交了第一次学费。

1962 年，我上二年级第十八课的时候，一辆大轱辘牛车顺着渭河沿吱吱地进了村子，这是母亲来接我。

这时父亲的工作调到富县。这样，我们在富县居住到 1969 年。

我在富县上完了小学及中学的一半课程，并且在这里经历了那场给这一代人以重要影响的"文化大革命"。

上学期间，我一直是一个让历任老师头疼的学生。我蔑视权威，不守纪律，从来不懂得"循规蹈矩"这四个字。老师当着我的面说："如果你将来是坏人，会是个大坏人；当然，如果学好，会是个大好人，总之，你绝不是个等闲之辈。"

我忧郁的孤傲的于连式的性格最初是童年生活带给我的印记，后来则是父亲暴君式的统治形成的。

不过，在学校里，我的学习成绩好得出奇，可以说是全班乃至全校最好的。我的记忆力很强，有一种过目不忘的本领。

这期间我阅读了大量的文学书籍，例如《红岩》《钢铁是怎样炼成的》《烈火金刚》《林海雪原》，等等。对我影响最大的是厚厚的八卷集《中国民间故事》。

我毫无悬念地参与了"文化大革命"，并且担任小学的红卫兵司令。我是抱着盲目的政治热情参与的。许多年后，我回顾这一段生活时说过："'文革'中，至少有一个人是怀着赤诚的、无一己私利的愿望去参加的，那就是我！"

"文革"后期，我从街头将被焚毁的书籍中，抱回厚厚的一沓，躲在家里阅读，这些主要是中国古典作品。我的一点古典文学底子，就是这时候打下的。

1968年，因甘肃几个城镇居民发起"我们也有两只手，不在城里吃闲饭"的风潮，使母亲带领我们全家，又回到老家。

我在老家上完了初中后半截课程和高中，1972年8月毕业，12月4日穿上军装，开始了五年的白房子时期。

在中苏边界一个荒凉的边防站里，我服役五年。这五年给我的性格以重要的影响。寂寞、孤独和恶劣的气候，消磨掉了我身上的浮躁气息，而远离尘嚣、与世隔绝的生活，使我能以超然物外的态度，看待世界。

当时中苏两国交恶，局部战争和全面战争的可能随时存在。白房子是一块争议地区。我参加了继珍宝岛、铁列克提争端后的第三次争端——别尔克乌争议地区斗争。

在斗争中我努力做得比别人出色。

我在五年中连续五次获得所在部队的通令嘉奖。

1976年8月，我在《解放军文艺》上发表了处女作——组诗《边防战士》。组诗是被当时来边防站视察的那狄将军带走的。他当时是北疆军区政治部主任，后来据说担任新疆军区政治部主任，并授予中将军衔。我一直没有和他联系上，不知道消息是否准确。

我于1977年4月退役，5月回到了延安，先在市印刷厂当文书，到了1979年，《延安报》复刊时，被调去延安报社编辑部。这之前，我在《延河》上发表了诗作《0.01——血液与红泥》。

1977年恢复高考时，我曾参加高考，结果没有被录取。据查过考卷的人说，我的数学只得了6分。事先没有复习，数学只记得X、Y等几个字母，所得的6分也纯粹是投机取巧；考卷上有几道判断题，我给所有的判断题都打了对号，我想，总有一两道题是对的吧。这是一段插曲，不提。

在《延安报》十余年的编辑工作生涯中，我主要的时间是主持《杨家岭·文艺副刊》。经我之手编发了大量文学作品，并扶持了一大批业余作者，这是我一向引以为荣的事情。我在一篇业务文章中认为，一件好的作品或一个好的作者，在你手下受到了疏忽、怠慢，或者压制，那将是不可饶恕的。

这十年中我阅读了大量外国文学名著。恕不详谈，因为可以列一个长长的书单。我补上了读书这一课。记得在边防站的五年，我唯一看过的小说是《多雪的冬天》，现在，我可以像蛀书虫一样地阅读了。

我在省作协第三期读书会（1980年）的总结发言是《权当是向

诗歌告别的宣言》。以此为转机，我开始将主要精力放在散文和小说创作上。这期间重要的小说是《杜梨花》，重要的散文是《很久以前的一堆篝火》。

1987年是重要的一年，这一年我的诗集、散文集和引起强烈轰动效应的中篇小说《遥远的白房子》出版和发表。

《遥远的白房子》和《伊犁马》创作于1975年，是省内刊物的约稿，后来对方都失约，因此小说一直躺在我的抽斗里。1987年6月，《中国文化报》记者朱小羊来延安。他要走了两篇中的一篇，带到北京，交给《中国作家》的陈卡、陈志广。《遥远的白房子》发表在当年的《中国作家》第五期上。

小说发表后，即引起强烈反响。《文艺报》在第五版发表了蒋原伦先生一整版的评论，《小说选刊》发表了周政保先生的评论。同时，《小说选刊》和《中篇小说选刊》以最快的速度予以全文转载。当时，全国各电影厂家纷纷来人来电来函，要求拍摄。后来，北影捷足先登，买走电影改编权，责编是顾海音女士。

小说后来引起了不同意见，并惊动了中央政治局。问题的焦点出在一个叫萨丽哈的人物上，意见认为，描写该人物的几个细节有损于民族形象。

我始终缄默而宽容地看待中国文坛的这场争论。从心里讲，我很委屈，有一种百口难辩的感觉，我确实是抱着满腔赤诚一片爱心来塑造萨丽哈的。我为中国文学长廊出现这个大俊大美的卡门式人物而骄傲，而且我所有的细节都有出处。但是，从客观上讲，他不能被人类的一部分接受,并引起愤怒,这使我于心不安。也许有一天,我重返"白房子",会向民族朋友们解释清楚,达成谅解的。

我爱你们,人哪!我的最宝贵的一段青春岁月是在白房子度过的,你不知道我对它怀着一种多么刻骨铭心的眷恋之情。我的第一颗牙齿,就是掉在阿尔泰草原上的,它如今大约已经成为一块沙砾,在草原的某一处闪闪发光。我想当人们以手加额,盛赞这一块辽阔美景时,它其实成为这被盛赞的许多分之一。

中央政治局主管意识形态的常委肯定了这部作品,从而制止了事态发酵。付出惨重代价的是北影厂,广电部原副部长陈昊苏在《光明日报》发表文章,指令电影停止拍摄。

"白房子"的姊妹篇《伊犁马》,1989年发表在《开拓》上,它的发表纯粹也是一个机缘。

我的尊敬的朋友,《中国作家》的杨志广,来临潼为兰州部队作者讲学。我应电邀去临会他(《骑驴婆姨赶驴汉》的构思和出世,正是那一次谈妥的)。会议结束后,我去西安车站送他,在车站,我见到同是回北京的叶梅珂女士。

这位身穿淡青色风衣的风度翩翩的女学者,一定约我为他们写点稿子。我被她的诚意所感动,也是在饱受发表之难以后第一次遇到这慷慨大度、执意索稿的人,我当即答应将《伊犁马》给她。当时我诚惶诚恐。

《伊犁马》是一篇没有受到应有重视的作品。它在深刻方面超过"白房子",李俊玉先生在《文学报》载文认为,它在深刻性、内涵性以及为当代小说所展现的广阔前景方面,超过了张承志的《黑骏马》。

陈绪发和陈绪万先生,是一对孪生兄弟,他们和我母亲的经历差不多,也是那次花园口决堤事件的受灾者。前者在黄龙县委任职,后者在一家出版社任职。他们帮助了我的第一本和第二本散文集的出版,即《新千字散文》和《东方金蔷薇》。陈绪万先生并约我主编了权威的现当代散文卷和诗歌卷,即《今文观止》和《新诗观止》。

1988年秋,杨志广先生来延安约稿,这就是后来发表的《老兵的母亲》。我的创作始终得到《中国作家》杂志的关照。1990年,在北京,志广领我见到了刊物副主编张凤珠和贺新创,他们约我再写一篇,这就是后来获奖的《雕像》。

1989年,延安地区文联换届。换届结束后,7月,我受地委委托,离开报社,来到文联,以常务副主席身份代行主席之职,主持工作,长达三年。

我不是一个称职的行政领导,我缺乏的因素太多。我把单位所有的人都看作应当受到尊重的人,然后再和大家共事。结果证明这是行不通的。领导的才能是驾驭,是恩威兼备,这些我都不懂。

在我主持工作期间,延安地区的文学艺术事业有了大的发展,各类文学题材的书籍纷纷出版,《延安文学》也赢得了从北京到省上的广泛赞誉,这是我聊以自慰的。我是抱着"新松恨不高千尺"的态度来扶持的。群峰壁立才是瑰丽景象。

再就是我主持工作期间，没有从文联和文艺之家占一分钱的便宜。我觉得既然我们在自己的作品中呼唤真善美，我们也应当用自己的行动，让世界少一分恶、多一分善。待人待物，我都取这种人生态度。

1991年8月，我获得中国作家协会颁发的庄重文文学奖，这是对我近20年文学创作实践（包括《遥远的白房子》）的评估，对我人品的评价，当然，更是一种鼓励和激励。

最后，我想着重谈我的长篇《最后一个匈奴》。它的责编是尊敬的朱衍青女士，由作家出版社最高规格的"当代小说文库"出版。

《最后一个匈奴》的酝酿准备工作用了十年，创作用了一年零十天。

事情得从1979年说起。这年4月，省作协在西安开了恢复活动后的第一次创作会，延安有臧若华、张弢和我参加。会议期间，臧若华和我，约好要写一部陕北题材的小说。她甚至提供了大量的细节，《最后一个匈奴》中，"高粱面饸饹羊腥汤"事件，还有那个剪纸的小女孩，等等，都是她提供的。

会议后不久，她就偕丈夫邵明禄去香港。但是这个题材却萦绕在我脑子里，再也无法丢开。它们构成了长篇下部的基本内容。

如果创造一切的不是上帝，那就是女人。你有没有见到这一种事情？某一次会议上，八方来客，济济一堂，突然，一个女王般的人物出现了。她的声音开始响起来，急急如雨，清脆美丽，于是我们猛然间为自己粗俗的声音而惭愧。女人们开始悄悄地将凳子往远处挪（如果可以挪的话），她们倒不是主要因为声音，而是她们的衣冠周正，与女王阁下的那种不修边幅相映，令自己突然感到一种俗气。当然，震慑力主要还在于她的惊人的美貌和气质——生活的魔术师为我们打造来怎样的一个角色呀！

我遇到过这种情况，那已经是十多年前的事了。主角叫臧若华，一个在延安地区插队的北京女知青。这一幕出现在1979年4月，陕西作家协会恢复活动后的第一次创作会上。

那时我刚从中苏边界一个边防站退役后不久，一身摘去了标志的"二尺五"，穿在身上。我必须承认，当时我被她的出现惊呆了。时至今日，当回想起这一幕时，理智告诉我，这一切里面，也许有我主观的成分，世界并不像我想象的那么美丽无瑕。是的，曾经有五年的时间，我在荒凉的白房子荷枪站岗，我基本上没有见过女人，我对人类的这一半已经陌生到恐惧的地步，所以，我完全有可能将我的五年的想象一股脑儿加给这个女人。

我当时那么卑微、藐小、怯弱，像一只胆小的老鼠一样躲在一个角落，只是偶然用惊恐的目光瞥一下会场，并且在侃侃而谈的她的马一样的面孔上停驻片刻。她自我介绍说，她来自延安。这就是说，我们来自同一个地区。

从开会的地方到吃饭的地方，有1000米。我不认识任何一个人，我只独自在街道上孤零零地走着。突然，一只手搭在我的肩上，是她。"我的手很大！"她说。是的，确实很大，记得后来我曾和她比过一次手,结果整整大我半截指关节。

我迈着骑兵的罗圈腿蹒跚地走着。她和我相跟着。我当时的窘态是可以相见的。我在女性面前总是腼腆,而面对一个美丽的女性简直就像经受一场精神灾难。我的一颗心跳得多么猛烈呀!我既恐惧,又有一种穿透心灵的幸福感。我生怕她突然离我而去,那么我一定会像一个红绿灯前不知所措的孩子一样突然掉下泪来。

她将她的光辉照亮了我这三天的过程。世界上有的是有情的男人,尤其在作家队伍中。可是,三天来,她总是与我一路同行。你能想象当一街两行的目光向我扫来时,我在那一瞬间的幸福感。女人,我赞美你们,是你们培养了男人,是你们引领这个世界前进!你们的美艳如花、摇曳多姿,点缀着人类的苦难历程,此其一。记得一位美国学者认为,陶渊明的《桃花源记》,其实是表现了人类渴望回归母体的一种心态:当人们在这个世界饱受孤独、饥饿、寒冷等苦楚后,他们回忆,一生中曾经有过无忧无虑的时光吗?有的,那就是还在母体的时候,此其二。这是扯闲,不提。

我和臧若华拉的最多的话题,是写一本关于陕北的书。也许,这就是长篇小说《最后一个匈奴》写作的最初创意。是她先提出来的。

她说到一个剪纸小女孩的故事。偶地,我从同事的窗户玻璃上,得到一张陕北民间剪纸,这张剪纸具有毕加索的立体艺术风格。我开始查访这个剪纸小女孩。在一次返回插队的村庄的路上,在一个小吃店里,一个行乞的小女孩向我伸出了手。我用五角钱给她买了碗高粱面饸饹羊血汤（我有肝炎，吃我剩下的不卫生）。好大的一碗呀！当女孩吃完饭，腆着肚子离开时，我注视着她走了很远。"她会被撑死吗？"我问自己。她后来果然撑死了，而她——就是那个我千方百计寻找的剪纸艺术家。

20世纪的艺术风格来源于毕加索。然而，在西方文化将绘画艺术从三维空间向四维空间拓展的时候，在东方文化的背景下，有人也走到了这一步。也就是说，在一个偏远的、封闭的陕北山村，有人的艺术思维在某一刻与毕加索得以同步前进。这个大奥秘是怎么一回事，也许得从这块土地本身来寻找原因。

最初的时候，我大约仅仅把它看作是带几分凄清几分美丽的一个悲剧故事。但是随着我继续沿这个思路想下去，从陕北剪纸到陕北民歌，到安塞腰鼓，到像活化石一样依然风行于现在时空的种种大文化现象，到陕北人这种人类类型心理的开掘，我突然明白了，臧若华实际上为我提供了一把打开这座玄机四伏的黄金高原的钥匙。

读者知道，我的《最后一个匈奴》的主旨从大的方面讲，是试图揭示我们这个民族的发生之谜、存在之谜。从小的方面讲，是试图展示革命在这块地域发生、发展的20世纪历程，其中包括1935年10月19日以后的一段时间，历史何以将民族在造民族再生的任务放在这块轩辕本土上的缘由所在。

评论家朋友说我为这个20世纪革命找到了一个全新的审美视角。我想，这个视角正是臧若华所给予我的。我通过对种种大文化的诠释,对种种大奥秘的破译,将这场革命放在一种深刻的中国式陕北式文化背景下进行。我还让每一个活动着的人物,都作为这种文化特征在某一方面的突出类型而行动。

在北京《最后一个匈奴》座谈会上,蔡葵先生提到"框位"这个概念。是的,历史的行动轨迹实际上是文化的产物,种种的因素像河床一样框定了历史只能这样走而不能那样走。于一个人而言,也是这样,他被牢固地固定在一个大文化背景下,只能这样而不能那样。一切发生了都是它应当发生的,如此而已。

现在还有谁在谈这些哲学命题呢?大约只有我们这些傻瓜了。那么说点轻松的吧,对不对?

臧若华在西安参加会议不久,就匆匆地离开了,偕丈夫定居香港。她的丈夫大约也是一位北京知青,好像还当过团中央候补委员什么的。

我劝她留下来。我说,你的出走也许会是中国文坛的一个损失。她确实有着惊人的才华。她交给我的这把钥匙是她陕北十年插队的千虑之一得。她就要开始自己的辉煌时期了,但是她执意要走。

"我已经耐不住这种寂寞了,我感到自己快要爆炸了,我得走。去香港只是过渡,最终是北京。这个圆是不是转得有些大了?我想。当1997年香港回归的时候,我将以一个香港大亨的身份昂首进入北京!"

我在《后记》中说到了,她后来成为我的小说中的一个人物

（在下卷中几乎成为主要人物）。我还需要说的是，书中所引用的那个短篇（《最后一支歌》），确是出自她的手笔。那是她在一个内部刊物上发表的作品。在那个时期，能写出这种质量作品的人大约是不多的。我想说，感谢她的珍贵的手笔使《最后一个匈奴》增色。我尤其惊奇的是，当它一字不动，像一块砖头一样被安置在这座华屋中时，竟是那样妥帖。

臧若华后来再也没有消息。好几次我到省作协开会，瘦瘦的苍老的诗人王昊（已故）遇见我，会突然从自己的冥想中惊醒，问我，那个穿着一身牛仔、留个日本小姑娘头、说话像机关枪一样"咯咯咯咯"的陕北女作者哪里去了。还有许多人问起过她。可见那次会上，她给人们的印象之深。

去年高红十回延安南泥湾插队的地方回访，她跟我谈到臧若华，从而令我多少知道了这位故人的消息。

据说，她确实现在已经成为（或者说和丈夫一起成为）香港大亨。大到什么程度呢？据说北京亚运会的所有的消防器材，都是这家集团经营的。这正应了她当时说过的话。她实现了自己的人生目标，她是成功者，这个世界到处都为成功者开放着鲜花，因此让我们采一束为她献上。

但是我始终坚定不移地认为，上苍将这样的人物打发到世界上，也许该让她从事文学。否则就是中国文坛的损失。当然这只是我的狭隘的看法。

她如今居住在香港的一栋花园洋房里，大约还没有孩子。她的肝炎想来已经好了吧。据说，她拔掉了花园里所有的花草，腾出地面，种满了老玉米和西红柿。她每天唯一的工作，就是搬一个小凳，坐在老玉米和西红柿跟前，看着这些植物生长，并且一边流泪，一边怀念着或诅咒着自己的插队生涯。

"你看到《最后一个匈奴》了吗？远方的朋友！"容我写完这篇短文后，抽出神来，寄一本样书与你。可是，你的确切的地址在哪里呢？（1993年6月11日）

1989年，距西安会议十年后，我接到一份长篇小说的约稿合同，这是作家出版社朱衍青女士寄来的，在此之前我们素昧平生。我当即签了《最后一个匈奴》的出版合同，并且回信说，感谢他们从茫茫人海中注意到了我的不谙人事的面孔。

由于文联公事繁忙，长篇曾一度耽搁。1991年5月，朱衍青女士曾来延上门督促，使我终于决定抛开一切，闭门完成它。成书时间是1991年6月4日到1992年6月13日。

1991年8月20日，我突然接到中国作家协会电话，通知我第二天赶赴西安，参加1991年度的庄重文文学奖颁奖大会。

这时，我正在延安的家中，闭门不出，每天以5000字的速度写作长篇《最后一个匈奴》。这时候已写到30万字。当时我计划写三卷，每卷15万字，也就是说，已经写完两卷了，具体到小说的情节，就是已经到了杨岸乡为其父杨作新张罗平反的时候了。

我决定去领奖。

20日晚上，年轻的评论家、延安教育学院的张宝泉先生来我家。我决定将手稿交给他,让他看一看。这个举动出于以下几个考虑。一、我不准备继续写下去了,我想请他看一看,提点意见,回来后,我即着手誊抄,抄到最后,再凭一股惯性,将结束部分写完。二、书中的那些人物和事件,在我头脑中张牙舞爪,搅得我寝食不安、处于神经质状态,我想将它们暂时赶走,让这些幽灵去纠缠别人。起码让我安宁几天,缓冲一下。这也许是当时最重要的动机吧。三、我想逞能,尽快让这个世界知道我干了一件多么伟大的事情。

当宝泉将手稿包好,装进他的黑皮包里,跨出家门时,我在这一刻突然产生了悔意。于是我千叮咛万嘱咐,要他一定把手稿拿好,只能躲进自己屋子看,不要拿出去。

西安会议开了三天。这一年度的庄重文文学奖,主要奖励陕甘宁青新五省区的作家。陕西省有贾平凹先生、杨争光先生和我获奖。庄重文文学奖是中国作家协会、中华文学基金会设的一项年度性文学大奖,香港庄重文先生每年以 20 万基金赞助。这次颁奖之所以面向西北作家、之所以放在西安开会,有一个内部的原因,即决策部门为贾平凹先生的一部长篇没能获"茅盾文学奖"、我的一部中篇没能获当年度的中篇小说奖,感到过意不去,故以庄重文文学奖的颁发作为平衡心理的弥补。这是旧事了,为什么要说?

我是 8 月 24 日回到延安的。正如邢小利先生在专访中所说:高建群一开完会,就匆匆地回延安赶他的长篇去了。

张宝泉先生在西安期间回了一趟老家宜川,也是 24 日回到延安的。《最后一个匈奴》手稿于这一天丢失,这是我后来才知道的。

他是上午 11 点半的时候从宜川到延安。班车停在延安宝塔桥头。下车后,他叫了一辆拉货用的三轮车,坐在车上回教育学院。他那天除了这只黑色手提包以外,大约还从老家带来了一纸箱西红柿酱。车颠得厉害,他主要的精力,是用手扶着纸箱,不致使玻璃瓶打碎,而将手提包放在车厢的后面。当三轮车行走到大东门时,他扭头向后一看,发现手提包不见了。三轮车拐回来,返身一路寻找,直到宝塔桥,也没找见。他问了路边的一群三轮车工人,大家都说没有看见。

这些我当时都不知道。回到家中,不见宝泉来送稿,我想这倒也好,让我静下来,写第三卷。可是写到 10 天头上,还不见来送,我就有些纳闷了。我再也写不下去了,身上有一种心惊肉跳的感觉。我到教育学院去找宝泉,宝泉说,稿子让一位朋友去看了。我有些不高兴,督促他赶快要回来。那时我已经有一种不祥的预感。

我在家中度日如年,就这样到了 9 月 15 日,也就是稿件丢失 21 天后。早晨我从床上爬起来,没有洗脸刷牙,正趴在桌子上写稿,这时有人敲门。

进来的是我不认识的一位青年人,穿一身保安服。落座后,他对我说,他是教育学院保卫科的,张宝泉要他来告诉我,我的手稿丢失了,问我怎么办。

面对这个陌生人,我傻了好大一阵。当时我的脸色一定苍白得可怕。好久我才问他，张宝泉为什么不自己来。陌生人说："宝泉怕你打他！"我又问，为什么手稿丢失了21天之后，才告诉我。陌生人说，这些天来，宝泉四处寻找，实在找不到了，才来告诉我。

陌生人说完，瞅个空子，就走了。

尽管已经有不祥的预感，但是这突如其来的打击是不是还是太大了？！

我的头脑在这一刻变得一片空白。我失去了判断力。我在沙发上坐了很久。我有些古怪地笑起来。

我明白我得去找那个小偷。要找小偷得先找到那个三轮车工人，他们要么是一伙，正像俗语所说的那种"连手"，即便不是"连手"，他也会知道不少小偷的情况的。而要找到三轮车工人，得先找到乘坐三轮车的张宝泉先生。

我抓了一辆自行车，向教育学院骑去。路上，自行车撞倒了三个人。还有一次，撞到了一辆紧急刹车的汽车的屁股上。

在教育学院，我努力地说服了宝泉，要他陪同我，来到宝塔桥头，找到了那位孱弱而猥琐的三轮车工人。

宝塔桥头停着许多三轮车，这些三轮车是等源源不断的长途班车停下来，用来拉人拉货的。在没有班车时，三三两两的三轮车工人蹲在河边。

通过这位三轮车工人，我又找到了三轮车族的首领人物，这是个类似高仓健的面色冷峻的中年人。原来，所有的三轮车工人，都知道小偷是谁。

首领告诉我，那天接这个班车的，一共有三辆三轮车。宝泉乘坐的是第一辆，他就在后边的第二辆。有两个小偷，一个骑着车，一个在后车座坐着，他们先是撵三轮车，超过以后，又返回来，在接近三轮车的那一刻，后座上坐着的那个，一伸手，将包提了，然后自行车飞驰而去。

宝泉先生听罢，怒气冲冲，扬言要报告公安局，抓小偷，抓三轮车工人。见状，我止住了宝泉的怒气，我说，他可以回去了，以后的所有的事，由我来处理了。

小偷在白坪山上住。我和这位三轮车首领约好，第二天，我请客，他作陪，和小偷拉一拉，我没有别的意图，一切以找到手稿为目的，保证不向公安局报案，而且无论谁（包括小偷）找到手稿，我都将给一笔数量可观的奖金。

为了讨好这位首领，我买了几盒红塔山给他。见有烟可抽，零零散散的三轮车工人都围了上来，我又再破费一些。

第二天，在宝塔桥北侧的一家小饭店里，我见到了小偷。

小偷是一个十五六岁的年轻人，留一个郭富城式的头，穿马夹、西装裤子、平底布鞋，有着一副令我羡慕的身材。

小偷努力地回忆了一下。回忆起了偷那件黑色手提包的事。那是他那天的第四次出手，他说，偷到手提包以后，他们飞快地来到厕所，打开包，见里面只有几件衣服，几本杂志，就骂了一声"晦气"，将包扔进厕所里去了。我问包里有没有一个大信封，里面装着些写着密密麻麻的小字的废纸。小偷努力地回忆了一阵，说记不清了。

小偷，我，还有一大帮三轮车工人，来到小偷提供的那个厕所。我们找遍了厕所的前边和后边，男厕所和女厕所，结果空空荡荡，什么也没有。我们又找遍了厕所周围的住户，也没有得到什么情况。

丢失稿件的那阵子，正是郊区的种大白菜季节，因此，每天，厕所里都要来不少的粪车。因此，现在只有一个可能了，那就是拉大粪的郊区农民，有没有可能捡到它。

我动员了全城的小偷、全城的三轮车工人，和我的在城里居住的朋友，开始寻找。我给他们留了我的地址，一旦找到，就送到我家里来，一手交稿，一手交钱。小偷提供的厕所是宝塔小学厕所外，我还在延安城的其他厕所，统统跑了一遍。

每当街上出现一辆拉粪车时，我就疯了似的跑过来，拽住马的缰绳，问淘粪的农民有没有捡到那些手稿。

我那些天像个逐臭夫，哪里有臭味就往哪里跑。

还有些热心朋友，在郊区的蔬菜队贴满告示。

就这样一直闹腾到 10 月 5 日，当我在宝塔厕所又去了一次，然后顺着南河踽踽独行，回到我的四楼居室时，我突然明白了，这是天意，手稿已经永远地丢失了，永远不会再回到我身边了。

我站在阳台上，望着苍茫的天空。我感到世界充满了险恶，我感到全世界的人都在算计我。我虚弱地扶着栏杆，防止自己栽倒。"你是被这个世界打败了！"我对自己说。我想从阳台上跳下去，但是又没有这样做。《最后一个匈奴》没有面世，是人类的损失，是我对这个世界欠下的一笔债务，我没有理由就此了结自己。

我把自己的所有的赌注都倾注到这一本书上了。此刻，没有了它，我一下子变得多么苍老、多么丑陋、多么虚弱呀！在写作的这些日子，我已经变成一个毫无生活自理能力的废人了。我在生活中之所以坚硬如铁，有金刚不坏之身，就是因为有这一本书在箱中垫底。但是现在，我一无所有了。

我明白自己得凭借记忆，将它重新写出来。中国有一句老话叫"置之死地而后生"，这话仿佛像给我说的一样。

我已经没有最初写书时那种锐气了，现在必须强迫明令，我要强使自己的身体行动。

我从1991年10月6日起重新动笔，到1992男1月30日写完上卷，1992年6月30日写完下卷。我强令自己每天要完成一万字。

那是一段令人一回想起来就不寒而栗的日子。我已经完全不是我自己了，我在总结这一段日子时，对自己用了一个准确的形容——一架失控的航天器。

在将稿件全部写完，发往作家出版社时，我顺便发了封电报。我在电文中说："中国文学界就要发生一件大事了。我是不可战胜的。好人万岁！"

噩梦醒来是早晨。回忆手稿丢失，在我是一件痛苦的事情。现在，每当将手稿交人时，我就心惊肉跳，我总是将它复印一遍，再交出。

说起第一稿和第二稿,各有优劣。第二稿的优点是总体把握好一些,结构匀称一些。第一稿的优点是描写得细致,充满诗情,时时有神来之笔。此次所涉已非前番之水。因此,第一稿的优点,在第二稿是无法恢复了,话撵话,一句话想不起来,后边的就只好丢失了。

我常常想,我真傻,如果不写第二稿,用这段时间和精力,我完全可以写另外一个长篇。

我和宝泉先生仍然是好朋友。对于这种迂腐的书生,你拿他有什么办法呢?

我再也没有见过那个小偷。大约见过的,只是不记得了。每个人都有自己的活法,他那样活,大约有他那样活的道理。我也信守诺言,没有去告发他。那些三轮车工人,我还常见,他们常常出没于大街小巷,拉人拉货,只是我已经不记得他们谁是谁了。

《最后一个匈奴》的句号画过。这是1992年6月13日的早晨。当时我的脸色灰白,头上的虚汗直冒,脑子像要爆炸了一样疼。我担心晕倒,从桌子上挪到床上,在床上躺了半个小时,才感觉到好了一点。

接着,我又爬起来,开始写信封。第一个信封写错了,或者字没有写好,于是我又另抽了个信封,又开始写。写好以后,就把稿子装了进去,然后抱着稿子,扶着楼梯,到了院子。

年轻的编辑奥秘坐在政文部的办公室里。我央求他找了些尼龙绳,将手稿捆好。然后,由他扶着我,来到邮局。

邮寄的过程是奥秘办理的。这时,我坐在邮局的木条椅上喘息。我觉得应该给出版社再发一个电报。烟盒里还有两根烟,我给了奥秘一根,我抽一根,然后在烟盒上拟好了电文。

电文是这样的:"北京农展馆南里10号全国文联大厦作家出版社朱衍青女士:《最后一个匈奴》已寄出,请查收。中国文学界将要有一件大事发生了。我是不可战胜的。好人万岁!"

电报发出后,我让奥秘先走,他还要上班。然后我慢慢地,手扶着墙壁,穿过街道,到报社四楼我的居室。

看见那张我写作《最后一个匈奴》的桌子时,我又一次扑爬了上去。我伸出手,满桌子摸笔。"我的笔哪里去了?"我下意识地自言自语。好久,我才明白,长篇已经写完,笔已经被收拾起了。我趴在桌子上,哭起来。

我想应该到家里转一转,看一看父母了。于是又重新下楼,来到市场沟家里。橱柜上放着父亲的遗像,这时我才突然明白,在我写作的途中,父亲已经去世。我默默地擦着火柴,为他点上一炷香。

这时我又回到四楼我的居室。我想我应当给单位打个电话了。家庭的责任,社会的责任,我已经丢弃得太久了。可是,当我拿起电话,拨通以后,我又立即将电话挂了。因为我突然想起了,我的职务,已经在写作长篇这段日子,被人取代,我没有必要,也不应该去问单位的事了。

我点燃一支烟，抽起来。我默默地拉开抽斗，拣出我在写作的这一段日子里，掉下的三颗牙齿。我把它们凑在一块，仔细地瞧着。我想扔掉它们，可是又舍不得，它们毕竟曾经是我身体的一部分，甚至连那些牙垢，也让我爱怜。阿赫玛托娃赞美祖国的泥土，她说它是沃野，是乡间泥泞的道路，是香包里的香灰，是指甲缝里的一丝垢甲，而我此刻想说，它还包括我的牙垢。我又将牙齿如数地放回抽斗里。

我又开始像一个盲人一样，在桌上摸起了笔，好一阵子，我才明白自己是在做什么。

我想睡觉，可是怎么也睡不着。我明白，如果不赶快睡一觉的话，那后果是不堪设想的。在这一年多的时间中，我像一架失控了的航天器一样疯狂地运行，现在，这架航天器依然处在失控状态。

我给北京的朱衍青女士挂了长途，我说，我想自杀！朱老师说，你说什么傻话呢！你现在应该找个地方去转一转，改变一下环境。这样，我给一位朋友张万仁打了电话。继而，张又给志丹的副县长挂了电话。

第二天，这位叫贾印的副县长将我接到志丹，过旦八寨过永宁山，登上子午岭山脉，在陕甘边界处一个叫麻台的林场住了几天。

我在那个夏天的时候还要穿棉衣，安静得掉下一根针也能听见的地方，睡了三天。当我重新回到城市，回到我的居室时，我发觉我已经可以微笑了。尽管笑得很勉强。

臧若华、邵明禄夫妇，现在已经成为香港一家大财团的老板。

小臧说过，1997年香港回归的时候，她要以一个香港大亨的身份昂首进入北京的。世界总是欢迎和宠爱成功者的，因此，我们向她祝贺。但是，我却不能不固执地认为，由于她的消失，中国文学界受到了损失，以她的才华和天资，眼下国内的女作家，大约是很少有人能比上她的。

去年高红十回延安南泥湾，她谈到臧若华，说她居住在香港什么湾的一个花园里，说她没有孩子，说她的花园里种着老玉米和西红柿，每天，她以主要的时间坐在小凳上，看着老玉米和西红柿，回忆自己的插队生涯。

来自香港的一封信：

怎么称呼您呢？您叫我"小臧"，郭林叫您"老高"，您的年龄又小过我，还是叫您"小高"吧。

小高，您好。

收到您的书已使我很惊讶，接着又收到您的信、您的礼品、您的信息及有关您声貌的录影带，一切来得那么迅速及充满戏剧性。

不过还得重复几句惯常的客套话。

一、感谢您那本《最后一个匈奴》对我有那么至高无上的评价。

二、感谢您的礼物，那两张"麻绣"，我们决定将它镶在镜框中挂在墙上。

三、感谢您对我朋友郭林一行的热情招待，她回来后喋喋不休地向我提到您。

四、最后再移用《最后一支歌》的话，感谢在这个世界上，还有您这么一位记得我过去的人，还有您这么一位给那篇微不足道的小文章那么高评价、推崇及发出来的人，给了我这十几年生活在香港商业社会中的人，一种截然不同的乐趣、雀跃，及一股突如其来的自尊与自信。

您的《最后一个匈奴》我还在看，还在细细品尝，所以不敢有什么评论。我已有十几年没写过什么，甚至小说都少看。我想，我已没有什么资格同您讨论什么文学了（况且，十几年前，我也称不上什么搞文学的，只能说是看过、写过，没发表过）。如果您一再坚持"您理想化了的女性"引导您前进，您就坚持下去吧，只怕有朝一日见了面，有了了解，您心中的"理想女性"会毁灭，会使您失望。

还有几个问题想问您（这样问您别介意，我这十几年乱七八糟事太多，对过去的事有许多失忆的地方）。

1. 我同您什么时候认识的？（第一次）在哪里认识的？

2. 王庚是谁？王庚的女儿又是谁？

3. 会绘画的小女孩是谁？

4. 您真的见过"飞碟"吗？

以上问题提出，可能使您震惊，怀疑我是白痴。但我确实记不起了，好似《最后一支歌》说的，"我还不老，才26岁，已有许多值得回忆的事了"，现在是，"我还不老，才40多岁，已有许多回忆不起来的事了"。

我的生活同您截然不同，但绝不是高红十所说的那么浪漫及怀旧。生活完全是另一面的，也丰富，也烦恼，也有所得，也有所失，比起周围许多人，也可称上一个"幸福中的女人"了。自己也知足，过去的，现在的，将来的都是过眼烟云，我不过在演着自己的一个角色，只有演得像不像的区别。但是要感谢老天，感谢诸神（如有的话），给我分配了一个很好的角色，比起陕北老乡们，确是天堂中的主角了。

就写这些吧！需要我帮什么忙，请尽量提出，别客气。

祝您事业成功，写出更多更好的小说。

1993年9月4日

下面是我给香港臧若华的回信：

我的高贵的朋友若华大姐：

您好！

信收到。一看到那熟悉的笔迹，我就断定是您的信。

我的心在这一刻跳动得多么热烈呀！——这是普希金的诗。有一大摞信，我将所有的信都看了，只有这一封信，我一直没有勇气拆它。一直挨到晚上，很晚很晚的时候，《古兰经》中所说的"在这万籁俱寂的高贵的夜晚"，我才强按住心跳，将它打开。

送走郭林一行后，我于九月七日到西安策划《最后一个匈奴》的分集提纲，二十七日回到延安，二十八日到单位，见到信，今天二十九，我回信。

您叫我"小高"，这也许是最合适的称呼，当年您就是这样称呼我的，而且像唱歌一样，将"高"字高八度地说出。我在前一封信中称呼您"小臧"，则纯粹是出于一种无奈，我不想称呼您"女士"，因为这有些疏远，而又不愿称呼您"大姐"，因为这有套近乎之嫌，现在，我明白该怎么称呼了。

您说您怎么也想不起我来了，这是可以理解的，因为您经历得太多。尽管这话令我有些伤心和痛苦。一个人以他的半生去追逐一团幻影，而被追逐者竟然毫无知觉，这种事情是常有的。责任不在您。推而广之，我想那时候怀着这样的情愫的人大约不止我一个。

感谢允许我继续将这个梦做下去。我想我会做下去的，直到离开人世的那一天，因为它已经和我所献身的文学事业融为一体了。我想，有一天见到您时，我也不会失望。一位叫玛格丽特·杜拉斯的法国女作家在一篇小说中说："有一天，我已经老了，很老很老了，我在巴黎街头遇见了你，你说，你爱年轻时候的我，但是，你更爱我现在备受岁月摧残的斑驳面容！"她的这段话总让人看了流泪。

我们相识是在1979年4月2日的省作协新作者座谈会上。那是作协恢复活动后的第一次会议。开会在作协院子那个古建筑里（西安事变中周恩来与蒋介石会谈处），吃饭和住宿在和平门外的胜利饭店。那时我瘦瘦的，矮矮的，穿一身退伍兵的绿军装。我刚从中苏边界复原回到延安，在延安市印刷厂当支书，我刚在《延河》上第二期发了诗《0.01——血液与红泥》（当然在部队上已有些作品）。你在创研室，在当年的第五期《延河》上有一篇小说叫《风筝》。延安还来了位张某，在甘泉文化馆工作。记得开会时，你来得迟了点，大家已经落座，门"吱呀"一声开了，有一束阳光射进来，随后是光彩照人的你。记得那天你穿了一身牛仔，布鞋，留个辛子头，背个黄挎包。你侃侃而谈，立即成为会议的中心。关于这些，我在那篇文章中已经说过了。

从作协到胜利饭店有大约一千五百米的距离，正是在每一次的这一段距离中，你与我同行，并且提出要写一部关于陕北的小说。

那个剪纸小女孩是你虚构的,大约并没有此人。而高粱面饸饹羊血汤事件,却是你的真实的经历。因为我清楚地记得你说过五角钱一碗,我还记得,当我对细节的可靠性——即为什么你不把自己剩下的大半碗给她时,你说,你有肝炎。肝炎这个词使这个细节站住脚了。我还记得你用手比画着:"那么大的碗!那么大的碗!"

会议结束时,我们要回延安,约你一同走。你说要去兰州一趟。你去干什么,你不肯说。

后来回到延安后,我经常去你那里。那时我一定是一个呆头呆脑的傻小子。我在那里经常遇到明禄先生。有一次,明禄大约是从北京开完团十大回来,愤愤不平地发着牢骚,谈他的团中央候补委员,被一个叫贾平凹的作家给取代了。他那时候很灰心,只有当听到我赞美《最后一支歌》的时候,你们才对望一眼,脸上显出一丝不易觉察的矜持的笑意。

你告诉过我《最后一支歌》的主角是王庚(王光美的侄女,王士光的女儿),在延川插队。那个小孩叫"延都",怕惹麻烦,你把"延都"写成了"延延"。

王庚后来离婚,从延川到黄龙县教书(上了地区师范),后来到西安,和一位大学教师结婚,现在在北京。马延都还在延川,在一个小食堂端饭,她的女儿叫"琼琼"。

你走得很突然,起码对我来说是如此。一个星期天,我去看你,门上有一把锁,屋子里空荡荡(那时你屋里所有的陈设是靠在后墙上的一个很大的白木箱子,你说是从振华纸厂带来的)。我好久才明白,我的女神已经从这块土地上永远地消失了。我扶着你门口那棵杨树(还记得那棵极高极高的钻天杨吗?)站了很久。我在那一瞬间多么惆怅和可怜。

现在你大约记起我是谁了吧?远方的朋友!如果还没有记起,那也不打紧。没有必要,也没有理由去回忆那些前尘往事的。

但是你走后,我却不能忘却。每一次进入小说,就想起你,每一次想起你,就又进入小说。所以我说的"永恒的女性引领我们前进"这句话,并不是信口说说的。

说一件有趣的事。门口有一个女理发员,长得与你相似,一样的发型,一样的身材,一样的气质。因此,当我伏案写作时,总觉得在哪个方位有团美好的花园一样的东西在召唤我,当我糊里糊涂地走下楼去时,我才明白我去看她。后来,直到她的丈夫(也是一位理发师)对我翻起了白眼,我才醒悟过来,我不明白我这样做的个中原因,后来经一位懂得心理的朋友指点,我才明白了。

你看,我这像写小说。

我想我已经回答了三个问题。现在,我得回答第四个。关于飞碟,这是一个轻松的话题。

我是在1975年秋天(就是我写信的这个季节吧)见到不明飞行物的。那时我在中苏边界北湾边防站站哨,大约是晚上十一点。有一个橘红色的圆状物体旋转着自苏联方向划一个弧形,向我飞来,到了我头顶以后,又转而向阿尔泰山方向飞去。物体有筐子那么大,在天空飞行时间约半小时。那天晚上有星星,但不甚亮。这件事我们当时向有关方面汇报过,在排除了别的可能以后,被确定为不明飞行物。

我很愉快地为你回答这个问题。我感到自己像一个鏖战归来的老兵,在向一群中学生讲自己的不平凡经历似的,感到那么亲切而美好!

关于我自己,没有什么好说的。我有一个平凡的妻子和一个智力平平的儿子。平日不闻窗外的事情,潜心写作。"世我两遗"的东方哲学和西方的存在主义哲学两种思想在我身上并重。

《最后一个匈奴》有可能获明年的茅盾文学奖,如果获奖的话,到时候请您到北京来,我将把我的这位高贵的朋友,宛如华伦夫人之于卢梭的人物介绍给中国文学界。当然,中国的事情,评奖有许多偶然因素。因此我只能等待。

我的最高理想是有朝一日获得诺贝尔文学奖。我计划

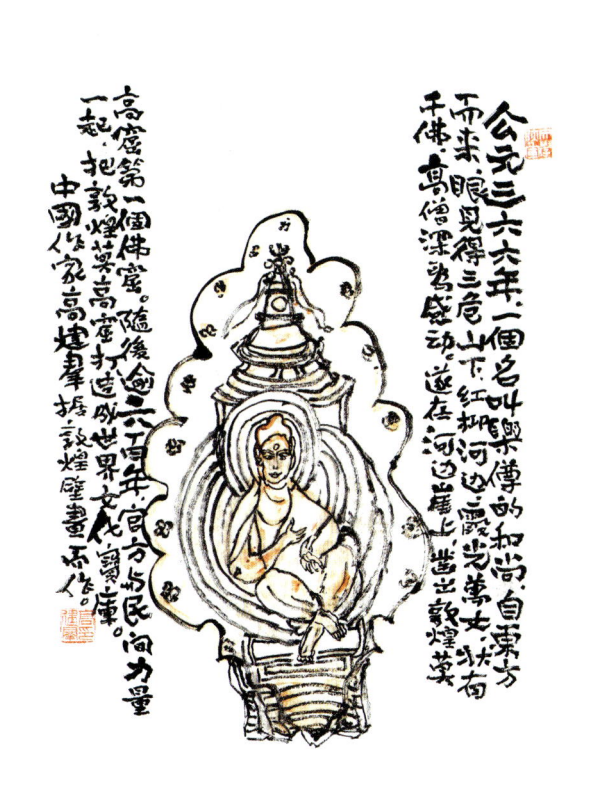

公元三六六年,一個名叫樂僔的和尚自東方而來,瞑見得三危山下,紅柳河邊,霞光萬丈,狀有千佛,高僧深為感動,遂在河边崖上開出敦煌莫高窟第一個佛窟。隨後愈三百年,官方與民間力量一起,把敦煌莫高窟打造成世界文化寶庫。

中國作家高建群揮諸敦煌壁畫而作

从明年开始，每年一个长篇，写十年时间。过程才是一切，获奖倒在其次，我这是给自己定标杆，并不是真的那么幼稚地去追求那些浮名。

感谢你的美好的语言，感谢你的关于问我需要什么帮助的话。有你的讯息，你的信，就一切都够了。我不敢再有别的奢望了。感谢生活，它让我得到了这么多。人生不管怎么说还是美好的，不是吗？

就写这些吧！这封信竟写了一天的时间。问候明禄先生好！问候郭林她们好！告诉他们我因为你的原因而对他们充满了亲切之感！

1993年9月29日夜延安

朱衍青是四川人，苏东坡的乡人，她目下是作家出版社长篇小说编辑室主任，典型的女学者气质。新时期文学长篇小说创作中，莫言等许多人都得到过她的帮助。她丈夫老吴也是一位学者兼评论家。

"永恒的女性引领我们前进！"这话是歌德说的。米兰·昆德拉将它从纸篓里翻出来，重说了一遍。联想到《最后一个匈奴》的构思过程和成书过程，我想现在得由我——高建群，将这话说第三遍。

1993年5月20日在京召开的《最后一个匈奴》座谈会上，中国的权威评论家们给小说以中肯的评价，认为小说基本上完成了作者要写一部世纪史的创作意图，认为这部小说将给中国的长篇小说创作带来许多可资研究的课题。有评论家认为，我们自己的民族史诗，自己的《百年孤独》诞生了。

我多么不愿意回忆这部长篇的创作中我所经历的苦难的历程，在那一年多的时间内，我像一架失控的航天器、一个植物人一样地生活着，我生怕我不能把自己的沉重思考告诉人类就撒手长去，当作品完成的那一刻，我哭了，我对自己说："你是不可战胜的！"

回忆创作《最后一个匈奴》的那些日日夜夜，记忆只是一片空白。我觉得自己好像做了一场梦。我这一生，做梦的时间也许太长了点，天性使然，没有办法。

《最后一个匈奴》的创作从 1991 年 6 月 4 日开始，到 1992 年 6 月 13 日画完最后一个句号，也就是说，用了一年零十天。

但是它的酝酿与构思却用了十年。我用十年的时间，令这一大堆庞杂的、无序的材料驯服和归顺，为小说寻找一个框架、一种叙事风格、一种描写视角，当然，最主要的是，让人物圆满，让人物不但作为故事人物，而且成为一种文化载体行动和动作。

我确实不记得我写《最后一个匈奴》时的情景了。那些日子，我像一个拼命旋转的脱落陀螺、一架失控的航天器、一个精神病患者那样拼命写作。现实的世界和臆想的世界已经分辨不清了，我无意识地睡觉，无意识地吃饭，无意识地在街上行走，除这些以外，剩余的时间，就是趴在桌上写作了。

我每天早上大约八点或八点半起来，穿上衣服，从床上滑到桌子跟前，开始写作。这时大脑是一片空白，有点疼，有点麻木，我点燃一支烟。烟雾腾腾中，人物出来了，是真实的人物还是我臆想的人物呢？我不知道。我只知道匆匆地抓住笔，他们开始行动了。大约到11点时，可以写2000字。这时我停下来，洗脸刷牙，然后到楼下去提一次开水。

中午吃完饭后，我一定要睡一觉，让大脑休息一下。两点半或三点，爬起来再写。到六点时，写2000字，这时停下来，到院子里去转一转，回来吃饭。

晚上把看《新闻联播》当作休息。看完新闻后，我一个人又回到自己房间写作。任务仍然是2000字，但有时会收不住笔，一直写下去，直到凌晨一两点钟。

我写得最多时一天写过1.6万字，写得最少时一字未写。平均下来是每天5000字。

人物和事件填满了我的脑子，人物在经受精神受难时我也和他们一起受难。恍惚和痴呆，大约正是我这时候给人的印象。我像一段被感情烧干的枯木一样，但是我强令自己继续燃烧。"创作是一种燃烧"，这话只有过来人才能说出。

在写作的过程中，我掉了三颗牙齿。牙齿总是要掉的，今天不掉，明天也会掉。但是，他们掉的是不是快了点，早了点。我将掉了的牙齿放在掌心，听着楼下的男欢女乐，我在那一刻突然掉下泪来。关于牙齿问题，我请教过几个中医，一种解释说，写作时大脑高度紧张，血涌到头上，血热，热掉了牙齿；一种解释说，这是我抽烟过多的缘故。

以每天三盒烟计，一年多一点的时间中，我抽掉了 100 多条烟。这真是一个可怕的数字。我现在还不明白，这 100 多条烟都到哪里去了，如烟消，如雾散，或者是牢固地留在我的肺里和胃里了？我的父亲于去年死于肺气肿，将来我的加着黑框的讣告，大约也会是以这件事来搪塞世界的。但愿我以后少抽一点烟（我现在不创作的时候，已经降到每天两盒），据说一支香烟的尼古丁可以毒死一只老鼠，这话不知道是否当真，不过，它听起来总让人不寒而栗。

在写作的后期，我的身体极度地虚弱，连说话的力气都没有了，懒于和人说话，走路时经常扶着墙壁，曾想到拄一根拐杖的问题。我常常担心，怕自己睡过去以后，就再也不会醒来了，而作品还搁在半截，那我即便是进入三尺地表之下，也不会甘心和安宁的。

我写作前称了一下体重，是 165 斤，写完以后，体重成了 122 斤。就是说，少了 40 斤。所幸的是我这个人真能吃，因此现在体重又恢复了过来，大约到 160 吧。

当我进入最佳创作状态时，前面我说过，像一个拼命旋转的陀螺一样，像一架失控的航天器一样，像一个目光狼狈、精神错乱、焦躁不安的精神病患者一样，那时，理性已经消失，梦境开始出现，那时，我感到我被书中的人物和故事牵着走，我只是机械地记录下这些人与事而已。

最好的创作时间是在晚上。那时，四周死一般寂静，整个世界好像都不存在了，你伏案疾书。你感到，在你的窗外，半天云中，仿佛有一位圣者，正在絮絮叨叨，向你口授。《古兰经》中称这样的夜晚为"高贵的夜晚"。

每位作家的身边都站着一位守护神。在创作《最后一个匈奴》的过程中，我案头必备的两本书，一是《印象派的绘画技法》，一是拜伦的《唐璜》。

要把一个世纪高原的历史，错落有致、和谐妥帖、章法有度地表现出来，这主要得力于印象派大师莫奈、德加、凡·高、塞尚等的影响。我学会了摆布人物和情节，学会了将艺术某一个特征发展到极端，然后在峰顶重造和谐，就描写的角度而言，也学会了在描写 20 世纪的每一个经典时间时，以一个人物的视角，从事情的核心穿肠而过。

拜伦则教给我大气度。经典作家中，大约只有莎士比亚和拜伦，才有这种处理题材的能力，他们挥舞着魔杖，一路走去，所有的材料都可以塞入作品，所有的路途物都经魔杖点化成金。

《最后一个匈奴》写完了，发表了，并且在北京召开的座谈会上得到很高的评价，有人认为它是一件大器的作品，认为作者基本上完成了他要写一部世纪史的创作意图，甚至有评论家认为，这是一部中国式的《百年孤独》。

记得，当为长篇画完最后一个句号时，我趴在桌上，大哭一场。我对自己说："你是不可战胜的！"这个"不可战胜"并不仅仅表现在作家他完成了这样一部作品,而在于,经历和承受了那么多精神上的惊涛骇浪以后,这个人并没有发疯,失控的航天器又回到了轨道上。

但是现在我想说,虽然我写作得很苦,苦不堪言,以生命的代价,但是,在这个世界上,一定有人写得比我还苦,因此,说这些是没有意思的事情。我的作品毕竟发表了,社会慷慨地为我提供了一次和同类、和在世界以至未来世界对话的机会,而他们却没有。所以,我是幸运者。

我在一年多一点的创作中抽了100多条烟,掉了13斤肉,掉了三颗牙齿。现在肉又重新回到了我身上,只是牙齿永远没有了。

我目前还有两个长篇的构思,一个是中苏边界题材,叫《要塞》(或者叫《惊厥》),一个是陕北题材,叫《回头约》(或者叫《天堂之路》),我想等身体恢复一阵后,集中一段时间完成它们。本来身体是我自己的,我可以指令它动笔。但是,我不仅仅是为我活着,更重要的,我是为上面谈到的和由于长篇原因而未曾谈到的朋友们活着,为那些千千万万热爱我的读者们活着,所以,我要珍惜自己。

生活在一个动荡和变革的时代,我感到幸福,我举起双手拥护生活中每一个新出现的理想事物。过去的一段时间内,我们所有的努力是为了验证某一种概念;现在,我们则是科学地聪明地为了物质的极大丰富,为了生存之必需而努力,这是人类变得聪明了的表现。

20世纪最重要的事件是共产主义在世界范围的兴起。我始终是一个共产主义的信徒,并且不打算在以后的年代里改变这一信仰。我在《最后一个匈奴》中有一段话,我想将它摘录在这里:

"不管这个摧毁整个世界根基的共产主义运动,将来的前景如何,命运如何,胜利或者失败,短暂的风行或者垂之久远,那些在这个过程中,为之奋斗过的人们,可歌可泣的事迹,它们有理由写进人类进步史最辉煌的一页中去,它们是人类在寻找最合理的审会制度和生存秩序中,一次勇敢意义的尝试和实践。"

这个被称为"小传"的东西,就到这里吧,写得有些长了。

读者也许会厌烦的,他们说,有必要让一个不相干的人的生活琐事,来打搅我们的视听吗?

1993年6月

你知不知道有一种感觉叫荒凉？

　　我骑着我的黑走马，逡巡北方。我的马蹄铁在沙砾上溅起阵阵火星。我的黝黑、消瘦的脸颊上挂满忧郁之色，眉宇间紧锁着一团永恒不变的愁苦。在中国最北方的那根界桩前，我勒住马，向苍茫的远方望去。远方的欧罗巴大陆，回眸脚下和身后，是栗色的亚细亚。我在那一刻感受到一切都是瞬间，包括我刚才那一望，已经成为历史凝固。是的，要不了多久，我们都将消失，这场宴席将接待下一批饕餮者。

　　"你知不知道有一种感觉叫荒凉？"这是一首流行歌曲里的话。是的，我当时就这种感觉。"荒凉"不仅仅是因为身处一块荒凉地域的原因，而是由于在我的一瞥中，我看到了人类的心路历程。我因此而颤栗以致近乎痉挛。

那已经是整整 20 年前的一幕了。现当我得知,我逡巡北方的那一块地域,正是匈奴部落迁徙所经的地方。他们于公元 2 世纪启程,自陕北高原与鄂尔多斯高原的接壤地带,途经中亚细亚、黑海、里海,于 5 世纪时,匈奴的一支,成为欧罗巴大路上一个叫"匈牙利"的国家。

我曾经与一位叫穆哈默德·阿里·冯富宽的诗人探讨过这种迁徙心理,因为他本身就是一个流浪民族的后裔。他说,他们普遍有一种深刻的孤独感,他们担心一觉醒来,自己突然像沙漠里的潜流河一样消失。

我的尊敬的朋友、散文家刘成章,这个无可奈何地承认自己身上有匈奴血统的人,在罗马尼亚,他曾经接受过罗作协主席夫人深情的一吻。这位夫人是匈牙利人,她紧紧地拥抱着这位越过两千年的时间和欧亚大陆空间,来到她身边的兄弟。她希望刘成章先生还她一个吻。你能够抵挡一个女人的请求吗?你能够按捺住这两千年积淀的感情在此一刻喷发吗?刘成章按照我们所认为应当那样做的做了。这一刻,也许我们这个小小寰球上发生过许多更为重要的事情,例如爱国者号拦截飞毛腿号,例如经过三年禁赛的马拉多纳重披战袍,例如西方七巨头在法拉克福秘密会谈,但是,这一吻远比那些美丽和深刻。

在我逡巡北方的地方,一条干涸了的河流的旁边,有一座公墓。圆木堆成的塔,一座挨一座,占了半个戈壁。木头已经发黑、发干、只是在炎阳的炙烤下,它还十分坚硬。我请教过不止一个的哈萨克学者，问这坟墓是谁的。他们说，这不是哈萨克的，它显然属于在他们之前来过这里的，一个匆匆而过的民族。那么，今天我想，它会不会是匈奴民族的呢？

以上所谈的，完全是和《最后一个匈奴》无关的话题。作者无意于追究那已经走失了的历史，也没有闲情逸致去凭吊岁月。

他是在为他的长篇小说服务。因为他的世纪史，是在两个大背景下展开，一个是革命的背景，一个是陕北大文化的背景。

陕北的地域文化中，隐藏着许多大奥秘。毕加索式的剪纸和民间画。令美国研究者赞叹的绝不同于温良、敦厚、歌乐升平、媚俗的中国民间舞蹈的那个安塞腰鼓。以赤裸裸的语言和热烈的激情唱出来的陕北民歌。响遏行云的唢呐。450万堂·吉诃德式、斯巴达克式的男人和女人。20世纪30年代中国境内的所有红色根据地都损失殆尽，而陕北依然立于天地间。毛泽东一行在这块黄金高原使事业达到大盛。如此等等，不一而足。

解开这些大奥秘的钥匙叫"圣人布道此处偏遗漏"，这是清廷御史（大约还是梁启超的岳丈）王培芬视察陕北后奏折上的一句话。遗漏的原因是由于在两千年的封建岁月中，这块地域长期处在民族战争中的拉锯战之间。退而言之，儒家文化并没有给这块高原以最重要的影响，它的基本文化心理的构成，是游牧文化与农耕文化的结合。而作为人种学来说，延安以北的黄土丘陵沟壑区和长沙沿线风沙区，大约很难再有纯正的某一个民族的人种（尽管履历表上都一律填写着汉族），他们是民族融合的产物。民族交融有时候是历史进步的一种动力,这话似乎是马克思说的。评论家肖云儒先生又将他的这一阅读心得转告于我。

陕北高原最大的一次民族交融,也就是说构成陕北地域文化最重要的一次事件,是在汉代即公元2世纪。南、北匈奴分裂(也许昭君出塞是导致这次分裂的原因,待考),北匈奴开始了我们前面谈到的那一次长途迁徙,南匈奴则永远地滞留在高原上了。刘成章先生如果有意做一次回溯的话,他也许会发现他正是匈奴人滞留在高原上的后裔之一。史载,汉武帝勒兵18万,至北方大漠,恫吓三声,天下无人敢应,刘彻遂感到没有对手的悲哀,勒兵乃还。我想那时,南匈奴已经臣服,北匈奴也大约已经迁徙到了我逡巡北方的那个地方了。

我的长篇中那个农耕文化和游牧文化所生的第一个儿子,他的第一声啼哭便带着"高原的粗犷和草原的辽阔"。他们构成了有别于中国其他地域的一种人类类型心理。如果我是一个严肃的学者和小说家,我只能做出这种解释,我也只能以此作为出发点,来破译这块玄机四布的土地上的各种大文化之谜。

我的世纪史正是在这样的文化背景下展开的,我的人物和20世纪陕北高原上的几乎所有重大历史事件,正是在这样的文化背景下活动的。如果没有这个背景,所谓的史诗只有徒具形式而已。

另一个背景是革命。

这里,仍然可以使我们延续"你知不知道有一种感觉叫荒凉"这个话题。

革命是促使历史进程前行的一种方法。当进程已经不满足于温良恭俭让式的改良的时候，它求助于历史的手术刀。于是，风暴开始了，时代激情呼唤和驱使一部分人去义无反顾地献身、英勇卓绝地斗争，去为自己的利益和隶属于自己阶级的利益而战。"革命是历史的火车头"，列宁的这句话放在这里是合适的。

发生在中国 20 世纪的产业工人、农民以及同盟者所进行的革命，习惯上称之为无产阶级革命或共产主义运动。它正属于上面说的。这是人类优秀的思想家们和行动家们，为了寻找合理的生存秩序和完善的社会制度，一次勇敢意义的尝试和实践。这种实践过程目前仍在继续。

值得骄傲的是，陕北这块地方，曾经有 13 年的时间，成为这个历史大动作的中心舞台。

因此，我的世纪史必须将这场辉煌放在它的大背景下，或者更准确地说，如果以革命历史题材来框这件作品的话，它乃是以诚实的笔触，表现了革命在这块土地上发生和发展的过程。

责任编辑朱衍青女士认为，作者给予革命一个全新的审美视角，他告诉人们，革命不是外来的，是从土地本身自然而然地产生的，1929 年的那场大旱较之造成李自成揭竿的那场崇祯年间大旱严重许多倍，因此一定会有革命产生的，不同的是，20 世纪的这场革命，由于有了共产主义因素的介入，使它有了行动纲领和终极目标。

中国权威的长篇小说研究专家蔡葵先生，在北京座谈会上说，他认为作者试图寻找历史的"框位"这个问题，种种的因素框定了，历史只能这样而不能那样走，这一方人类之群只能这样走而不能那样走，每一个单个的人亦只能这样而不能那样。蔡葵先生所说的"框位"，大约就是我在"后记"中所谈的"历史的行动轨迹"。我感谢蔡葵先生的深刻，我在题赠给他的书中，称他为"大师"。

暮鼓晨钟，岁月轮回，人类已经走了它的文明史的相当一段时间了，20世纪所进行的革命，我的小说所表现的这一幕大剧，是人类进程中的一截、链条中的一环。人类还得继续前行，对真理的探索是没有穷尽的，但是，这个探索是以目前的一切为基础的。

为什么我20年前，骑着黑走马，站在欧罗马与亚细亚之交，注视满目荒凉的那一刻，永恒的愁苦表情，便像命定的印记一样，凝固在我的前额？

为什么呢？因为我看见了人类生存的不易，看到了人类处境的艰难，看到了人类的心路历程，充满了荒凉的感觉。不同肤色，不同信仰的人类之群，都如是。那种强烈的孤独感和痛苦感，并不仅仅存在于迁徙的民族中，它同样存在于定居的民族中，它是人类共有的一种无法排遣的情绪。

西班牙学者兼小说家乌纳穆诺，将这称为"悲剧意识"。而在人类每一次徒然的挣扎、徒然的探索之后，小说家加缪用"西西弗斯"的神话来安慰人类，并鼓励人类再来一次——既然无法改变的结局（每个人的句号都是死亡）使人生充满了悲剧感，既然所有徒然的努力最后都归结于虚无，那么，让我们把握住现在时，让

"我"的这一次生命质量高一些,让我们再大汗淋漓地推石头上山一次吧!阿门!

《最后一个匈奴》中那些斯巴达克式堂·吉坷德式的当代英雄们,他们所忘我地献身的事业或垂之已久远,或风行于片刻,那都不是最重要的。最重要的,是人们曾经理想过、追求过,并且在这英雄般的献身中因为自我价值的实现而得到了最大的人生满足。

你知不知道有一种感觉叫荒凉!

1993 年 7 月 8 日于延安

我很穷,也很富有

我曾经一夜间名满天下,接着又被当作中国的布拉什批得体无完肤。这两样事至今仍使我不可思议。

我出生在渭河畔的一个小村庄,生我的是母亲,养我的是祖母。

我曾经有过五年边防军经历,按照教科书上的说法,一个射手在发射到第十八颗火箭弹的时候,心脏就会因剧烈震动而破裂。可是,身为火箭筒射手的我,当苏军的坦克成一个扇面向边防站运动时,我在掩体里为自己准备了 18 颗。遗憾的是,这次进攻没有继续。因此,我失去了一次成为英雄的机会。

我的最好的作品是《伊犁马》,可惜它没有受到应有的重视。

我的最重要的作品是《最后一个匈奴》。为写作它,我掉了 13

斤肉，掉了三颗牙齿，还丢掉一个职务。但我不悔。我打开了历史进程中一个又一个的黑匣子，我驱赶着盘踞在我心中的一个又一个的魔鬼式的人，进入千家万户。首都评论家们给予作品以很高的评价，这使我感动，并意识到艺术殿堂的庄严。

我很穷，我的工资仅够我抽烟，然后老婆的工资用作全家每月的日常开支。我有许多朋友，我总是劝他们到我居住的城市来玩，但是嘴上这样说，心里却说：千万别来！因为我请不起饭，派不动车。

我的家乡在西安近郊，可以说是西安人。每一次到西安开会，那些在西安上下班的人总称我为外地人，这使我有些不自在。因此，我渴望有一天回到西安，在家门口痛痛快快地打个滚儿。

我欠了世界上许多人的债，他们曾经从自己的利益中分出一部分，给我以帮助。我常常因此而惶恐不安，我希望生活能给我回报他们的机会。

我现在每天的主要时间都用来躲在家里写作和胡思乱想。我不知道除了写作以外自己还能干什么。尽管作家现在已经不是什么叫人羡慕的职业了。

世界上所有的诱惑都不能使我为之所动。这种人生态度是五年的白房子岁月给予的。我在那里过早地嗅到死亡的滋味。因此，在某种意义上，我把自己手头从事的每一件作品，都看作是可能的遗嘱。

《最后一个匈奴》已画完句号，已经成为社会的产物，或者夸张地说，已经成为民族思想文化宝库的一份不动产。那么，且不去管它了，让我继续我的苦役吧！我的下一部将叫《回头约》。一个类似《圣经》中的《出埃及记》的故事。仍旧是陕北题材，前期准备工作已全部完成，如果身体允许的话，我将于1993年年底完成它。

编辑方越先生给了我一次与社会、与同类对话的机会，谨此奉上！

1993年5月

我建造了一座纪念碑

——《最后一个匈奴》创作谈

我们中的大多数人,将要经历两个千年之间的更替时刻。我想那将是一个庄严的时刻,不同肤色、不同信仰的人,都会在钟摆摆动的那一刻,体味到那一种庄严的激情。无论他出自公众感情,还是一己的感情。

晨钟暮鼓,岁月轮回,人类已经走过它的文明进程的相当一段时间了。当我们叼一支香烟,凝神注视人类的来路时,我们说,总的说来,人类生活得还不错。

尽管有战争,尽管有瘟疫,尽管有不公正和压制,尽管有艾滋病和癌症,尽管阴影总是伴随着人类自身一起如影随形,但是,怎么说呢?人类生活得还不错。

人类依旧做爱和出生,太阳和月亮依旧那么忠于职守,轮番点缀天空，北斗七星依旧在瞬息万变的世态面前为我们提供一个固定的视角，白发苍苍的小学教师依旧给一茬茬的孩子布置《我的理想》这道作文题，花朵依旧定期开放，石匠在凿着墓碑的同时依旧在凿着纪念碑，普希金塑像依旧站在白雪飘飘的广场为人类值更。

是的，人类依旧勇敢地向着它的文明进程走去，不管行走的过程中是春风得意，还是步履蹒跚，是有所获得或者无所获得，它总在走着。哦，进程在继续。

时不时地，总是思想家、哲学家、文学家，特别是行动家们出现，解开人类面临的种种斯芬克斯之谜，以先知的光芒预兆前景，安抚人们忧伤的灵魂，鼓励人们前行。走吧，人类，去勇敢地迎接每一次日出与日落，去勇敢地从事每一次春种与秋收，也许它的目的地是没有的，一片空白，但是，这个伟大存在于过程之中，存在于你和我的每一次行动之中。

20 世纪是一个过程。这个过程正在完结，20 世纪是人类历史进程中可资纪念的一个世纪，时间进程中的经典时间。

这个世纪发生过许多重要的事情，包括一战，包括二战，包括人类向太空的挑战，等等。但是，每一个公允的历史学家，当他平心静气地研究了诸等事件所能给予人类进程的影响时，他都不能不承认，20 世纪最重要的事件，乃是共产主义在世界范围的风行和实践。进程的链条不可能，也没有办法将这一环丢失，它构成了人类进程中的一截。

需要有史诗式的笔触，将这场革命表现出来，为世纪本身，为还要继续前行的人类。

小说这种艺术，一度曾被称为"资产阶级的史诗"。这话当然是公允的。应当说，它是人类的财富，人类造型术的一部分，人类理想之树开出的一束鲜花，人类试图概括生活和与世界对话的一件工具物（宛如开荒地用老撅头，修坎儿井用砍土镘，挖掘苏伊士运河用圆锹，筑美国西部铁路用十字镐一样，它是一件工具物）。

之所以有上面偏颇的说法，是因为小说体裁的兴起，是伴随资产阶级的兴起而达到大盛的。确实是大盛！举例来说，因了小说的繁荣，人们甚至将所有的文学体裁，都冠以"小说"和"非小说"两种。

一位叫雨果的法国作家评论一位叫司各特的英国作家时说："出于其光荣所赋予他的本能，他感到，对于刚刚用血和泪写出了人类历史中最奇特一页的这一代人，必须给予更高尚的东西。"

正如我们知道的那样，司各特和雨果之后，时间又推进了许多年，历史又走过了它辉煌壮丽的一段行程，仅就本世纪而言，仅就中国而言，这一方人类之群的历史进程亦是可歌可泣的，是无比壮丽的，较之雨果所认为的资产阶级大革命的壮丽之色，更见其伟大、高尚与持久。

因此，资产阶级有理由写出自己的史诗。如果做不到这一点的话，它将欠下自己本身一笔债务，并且欠下人类总体利益的一笔债务。

正如小说这种体裁不该是资产阶级的史诗一样，它大约也不应该是无产阶级的史诗。换言之，将我们的角度放高一点，站在人类总体利益的立场上，表现出人类有史以来这最为英勇悲壮的一幕。这里仍然让我们想到"工具物"这个名词。

这是一个重要的问题，因为这牵涉具体操作时的概括手段，艺术视角和操作方法。这个我们下边还会说到。

以上是我写作《最后一个匈奴》时的"大处着眼"。下面我再谈谈"小处着手"。我想强调的是，在我十年构思中，对于前者的思考甚至超过了对于后者的思考，因为我本身就处在基层，各种情节和细节，门里窗里，涌涌不退，纷至沓来，因此，选择建筑材料并不显得特别重要，重要的是要把上边的这一哲学命题想透。中国的小说艺术长期徘徊不前的原因正是由于我们概括生活时没有能够做到"大处着眼"，从而缺乏一个客观的视角。

《最后一个匈奴》的构思从 1979 年开始。那年 4 月，省作协开了它恢复活动以后的第一次创作会。那次会上，我和一位与会者商定合作写一部以陕北为背景的小说。她叫臧若华，一身牛仔，幸子头，那时她刚从香港探亲回来，气质和谈吐令会议生辉。创意是她提出来的，她提供了两个情节：一个是毕加索式的陕北剪纸，一个是高粱面饸饹羊血汤事件。会议结束后，我们一起回到延安，不久，她就偕丈夫定居香港去了。我希望她能够留下来，我说，你的离去，也许会是中国文坛的损失。但是，她执意要走，她说，从北京插队到延安，已整整十年，她实在耐不住寂寞了。她还说真正意义上的陕北作品，也许是由你们本地人来完成。

我接住了这位远足者抛给我的球，从此不得安定。思索了几年，我突然发现，她为我提供的两个情节，实际上是解开陕北大文化的钥匙。一幅毕加索立体主义形式的剪纸，它出自一个一出生便被囿于乡间、大字不识的农家小姑娘之手。在20世纪的中国，20世纪的陕北，有一个人与毕加索的艺术思维在某一刻达到同步前进。东西方大相径庭的文化背景，在某一刻突然进入"20世纪风格"。这个天才的剪纸女孩后来遇到高粱面饸饹羊腥汤事件，她死了。陕北大地重新收藏了这个秘密。

这是一个带有"发动机"性质的情节，它一动起来，推动了下部的发展。所有的别的材料于是因此而驯服。我为自己的世纪史的下部，准备了足够的材料。

上部的材料来源于刘成章先生。大约是1988年，他委托我跑动跑动他父亲的案子。他父亲据1925年国民党《秦声报》介绍，是当年肤施县的中共党支部书记，1937年国共合作时，受党的派遣，去庐山参加蒋介石的一个什么会议（我翻阅材料，发现那是一个各界名流参加的会议，例如有梁实秋先生），回到肤施县（这时已称延安）后，就被关押，继而自杀于狱中。当然主要的跑动者是刘成章，而尤其重要的是这确系冤案。案子后来翻过来了。我接到刘成章寄来的一封复印的平反决定。在拿到决定的那一刻，我突然意识到了，我跑动的过程，我深入那个已被岁月尘封的空间的过程，实际上是为我的长卷的上部，搜集材料的过程。

上、下部的材料基本具备，一部陕北的世纪史，一部中国式的

《百年孤独》便有了成书的可能。

陕北是一块特殊的地域，尤其对中华民族的20世纪来说。

我在悼念路遥的文章中说，陕北，这块焦土，北斗七星照耀下的这块苍凉的北方原野，我始终坚定不移地认为，各种因素，使这里成为产生英雄和史诗的地方。

200万年前昆仑山卷来的滚滚黄尘，在这里堆积而成这块黄金高原。这里后来成为轩辕部落的本土。天雨割裂，水土流失使它成为中国境内最贫瘠的地区之一。斯诺先生说，人类能在这样恶劣的自然环境下生存，简直是一种奇迹。他称他看到的山梁山峁好像一幅抽象派画家的胡涂乱抹。

正是在这块土地上，生活着一群不安生的人们，生生不息，传宗接代，以高昂的高原野调和洋芋小米打发着日月。在一篇文章中，我说："在这个地球偏僻的一隅，生活着一群有些奇特的人们。他们固执。他们天真善良。他们自命不凡以致目空天下。他们大约有些神经质。他们世世代代做着英雄梦想，并且用自身去创造传说。他们是生活在高原的最后的骑士，尽管胯下的坐骑已经在两千年前消失。他们把死亡叫作'上山'，把出生叫作'落草'，把生存过程本身叫作'受苦'。"——这段话本来是为《最后一个匈奴》写的题记，后来挪作他用。

由于篇幅的原因，我无法掰着指头，将这块特殊地域的各种文化现象，如数道来。例如腰鼓，一位美国人在看了安塞腰鼓后，惊叹在温良、敦厚的中国民间舞蹈艺术中，竟有如此剑拔弩张、个性高扬的、类似美国西部艺术的一支。例如陕北民歌，例如剪纸，例如横亘在子午岭之巅的秦直道，等等。这里，我只想说说，造成这块地域各种大奥秘的根由所在。

光绪皇帝派了一位御史到陕北考察（此人叫王培芬，是光绪皇帝的老师，大约还是梁启超先生的岳丈或婚姻介绍人），回去后写了个《七笔勾》的奏折，里边有一句话叫"圣人布道此处偏遗漏"。下面一节，我们将着重谈谈这个问题。

两千年的封建社会中，儒家学说在一统中国时，网开一面，遗漏了陕北。这种遗漏当然不是为牧者的恩赐，而是在两千年的封建统治中，有三分之一，这块土地被中央集权控制，三分之一，则被少数民族控制，三分之一，为民族战争的拉锯战时期。

儒家学说的伟大功绩在于，在漫长的历史进程中，它产生了一种向心力和凝聚力，使我们这个民族延绵至今，而没有像另外三个文明古国一样，泯灭在路途。儒家学说的副作用在于，两千年的奴化教育，束缚了中华民族那种生机勃勃的创造精神，让人们实际上成为精神上的侏儒，这就是百年积弱的缘由何在，面对今天的世界，我们总是茫然无措的缘由所在，也就是五四运动为何要以"打倒孔家店"为口号的缘由所在。

但是，真好，历史网开一面，留下一个陕北。大文化背景造就这活泼的、豪迈的、剽悍的、自命不凡的、不安生的人类之群。这令毛泽东如鱼得水的一块特殊地域，这令李自成振臂一呼、应者云集的一块地域。

斯诺先生的确是一个不同凡响的人,他说,20世纪30年代中叶,历史将民族再造的人物,重新放在这块轩辕本土,这块民族发祥之地上,委实是一种巧合。请朋友们在《西行漫记》中寻找他这一句话。

我们民族初生期的那种生机勃勃的创造精神(请想象一下先秦诸子百家争鸣的那个辉煌时代吧),在这里顽强地留存着。民族交融——中华各民族的交融,轩辕氏所封的七十二国(见于右任先生考证)之间的交融,农耕文化与游牧文化的交融,使这里产生了这样一支堂·吉诃德式斯巴达克式的人种。

这就是陕北。这就是30年代中叶,当这个民族已经到了生死存亡关头时,造物主何以历史地将民族再造的任务,放在这块黄金高原的缘由所在,这也同样是20世纪的中国无产阶级革命,在这里取得决定意义的成功的缘故所在。

我想话到这里,我总算把这个艰难的问题说清楚了。

我不是为了做学术考证,那是远比我高明的学者们的事情,我是在为自己的长篇操作而服务,没有这一番思考,所谓的史诗只是徒具形式而已。

我想说的是,不要说我写作时这一章的风格好些,那一章的风格差些,或者上卷好些,下卷差些,请你们认真研究一下,我的每一章的叙述视角,是贴着一个人物前行的,我必须用这个人物的观察、概括、艺术涵养、修辞手段说话——这是个操作手段的问题,在中国,这个问题至今似乎还没有受到应有重视,而它是使小说艺术这个工具物更精致一些、准确一些的重要一环。

我在写作中案头的两本书，一本是《唐璜》，一本是《印象派的绘画技法》。《唐璜》教给我多样性（这个多样性只有莎士比亚和拜伦才具有），教给我像压路机那样将遇到的所有材料都压到这条道路上，教给我挥舞着魔杖一路前行。所有的路途物都因魔杖而点石成金。印象派则教我什么叫和谐、什么叫敏锐，什么叫把艺术的某一个特征发展到极端，然后在峰顶再造一块和谐的平原。

我的下一部长篇叫《天堂之路》（或者叫《回头约》）。一个类似《圣经》中的《出埃及记》的故事。福克纳的《我弥留之际》、艾特玛托夫的《一日长于百年》都用过这个框架。仍然是陕北题材。

我十分地感激首都评论界的各位前辈，从他们身上我感受到了艺术的庄严。我是一个小人物，小人物再加上不善言辞，不善交际，那么在这个活跃的世界面前，简直不知道怎么生存，但是，他们没有忽视我和蔑视我，并且在座谈会上，为我说了那么多令我感动的话。我不宜在这里说出他们的名字了，因为可以列长长一个名单。

不过，我要说说朱衍青女士，《最后一个匈奴》的责编。没有她在素昧平生的情况下，给我寄来约稿合同，没有她上门督促，这件作品大约现在还在臆想中，或者根本没有可能问世。尽管它会以遗传基因的形式留给身后，但是，那总是一种遗憾或损失。

联想到《最后一个匈奴》的构思初衷和成书过程，我想说，

"永恒的女性引领我们前进！"这话是歌德说的，米兰·昆德拉将它从纸篓里翻出来，重说了一遍，现在，轮到我——高建群，将它说第三遍了。

1993 年 6 月

天下匈奴遍地刘

匈奴起于北方大漠，商末时已有记载，周时已成中原的第一心腹大患。

这匈奴原本也是华夏子孙，只是黄帝有四个老婆，四个老婆面目各异，于是所生儿孙就有些差别了。后来皇帝将他的儿孙73人，分封为73个国家，匈奴乃其中一支。此说不是为墨者杜撰，远朝的司马迁，近世的于右任，都有参证在册，可为凭证。

秦统一六国后，抵御日益壮大的匈奴，成为当时的第一要政。此时的匈奴势力，东抵大兴安岭，西达阿尔泰山，南则囊括了今天的大半个陕北，北则一直向中亚细亚伸展，疆域无边。蒙恬、扶苏的筑万里长城，修秦直道，正是为抵御匈奴之故，而汉将军霍去病、李广的"誓扫匈奴不顾身，五千貂锦丧胡尘。可怜无定河边骨，犹是春闺梦里人"，亦是诗家以诗记史的实录。

至汉武帝时，汉武帝勒兵18万，至北方大漠，恫吓三声，天下无人敢应。无人敢应的原因一方面是汉武帝的穷兵黩武，另一个原因却是由于一个弱女子的出塞。这弱女子正是王昭君。昭君原是后宫美人，因自恃美貌，不顾贿赂画师毛延寿，被冷落宫中，后来出塞，成为匈奴呼韩单于后。昭君出塞，落脚的地方在当年的九原郡，距今天的包头西90里。昭君出塞，导致南北匈奴分裂。北匈奴开始它的悲壮的史诗性迁徙，南匈奴则永远地在陕北高原上羁留下来，成为今日陕北人种血缘的主要部分。

后世有许多重要的事情，都在这些羁留者身上发生，包括赫连勃勃，包括吴儿堡的那些可信亦又可疑的故事。那失落的北匈奴，他们悲壮的迁徙亦从此时开始。他们穿过漫长的中亚细亚栗色的土地。他们将自己掉队的子孙胡乱扔到路途，他们中有的部落甚至永远地羁留在路途上。

有理由相信，现今的独联体中亚五国，它们的子民们，一定有或多或少的匈奴血脉，甚至于不妨大胆猜测一句，它们的某一国，甚至就可能是那些羁留的匈奴部落，繁衍绵延、滚动而成的。这些自然是无凭的猜测而已，因为岁月已经将这一段历史变成一团迷雾。记得，笔者曾经骑着一匹黑走马，在中亚细亚做过五年的游历，一日，当笔者惊骇地问那一片黑黢黢的用圆木搭起的金字塔式的墓，它们属于哪个年代？属于谁时？游牧的哈萨克说，当他们的先辈开始在这里游牧时，它们就存在了，它们不属于哈萨克，它们显然是在这之前,一个匆匆路经的民族留下的。那些圆木搭就的坟墓,历经中亚细亚的灼热阳光的照耀和风吹雨淋,经年经岁,已经变得乌黑,干得发脆,形同焦炭,静静地卧在连绵起伏的山丘之间。

北匈奴是公元 2 世纪时,从鄂尔多斯高原动身的。5 世纪时,他们鞍马劳顿的身子,曾经在黑海里海岸边闪现过一下。然而,这里的严寒、酷热、干旱和一望无垠的碱滩,又迫使他们继续迁徙,直达欧洲腹地。近 1000 年后,成吉思汗的子孙们对欧洲大陆又进行了冲击,匈奴的挺进欧洲,以这个高贵的民族,最后像沙漠中的潜流河一样被欧洲板块吞噬作为结束。

这一条黄色的河流流了那么长,沿途哺育了两岸茂密的森林和丰饶的草地,而终于泯灭在一种文化面前。然而这不叫泯灭,它只是在另外的母体上得到延续。"假如种子不死"——正是这话。

现今,在欧洲历史学家们的典籍中,在传奇和传说中,在那些为数众多的黑眼珠黑头发的子民在劳顿之余偶尔抬起头来仰望一下天空中,"匈奴"这个词语会不自觉地从他们的口中蹦出,作为对平凡生活的抗议,作为对光荣与梦想的希冀,作为对历史的尊重和敬礼。

值得一提的是匈奴的一支,后来在多瑙河畔,建立了他们自己的独立的国家,这就是如今的匈牙利。匈牙利的民族诗人裴多菲,曾经在他的民族史诗中,盛赞过那一场悲壮迁徙以及奠业立国的经过。而千百年来,匈牙利的国学家们,亦一直持此说。只是前些年,又有好事者提出异议,说匈牙利立国是在公元5世纪,而匈奴民族进入匈牙利是在7世纪,因此说,只能说匈牙利的国民中有匈奴的血统,而不能将它立国奠业归结为系匈奴的一支所为。此说一出,即遭到匈牙利官方的制止,他们认为,以那光荣的豪迈的传奇般的匈奴民族,作为自己开国的祖先,是一件荣幸的事情,也是令整个欧洲为之肃然的事情,一个国家,总该有点来龙去脉才对。于是乎,力排众议,重申匈奴立国说。

这里有一件趣事。这事发生在另一个刘姓作家叫刘成章的身上。刘成章出访罗马尼亚,在罗作协主席家中做客。当他偶然间说出,他祖籍陕北,他的身上也许有匈奴人的血统时,屏风后面,一声惊呼,作协主席的夫人尖叫着,从内室里跑出来,紧紧地拥抱刘成章先生,并且伸出她的脸颊,让刘吻她。夫人是匈牙利人。越过两千年的时间和空间,这一对走失的兄弟姊妹在这一刻重逢。"我可以吻她吗?"生性腼腆的刘成章问。"可以吻,这是礼节!"夫人的丈夫答道。当南匈奴的嘴唇和北匈奴的嘴唇接吻在一起的时候,这是世纪的一吻,这一刻,世界上也许有许多事情发生,但是,没有哪一件,能比这吻更重要,那一吻是如此的苍白而美丽。

天下匈奴遍地刘。

以上说的是刘姓。其实每一姓,追溯起根来,都有许多故事在内。这一个个姓氏,仿佛一个个线头,牵动起来,便可以触到历史的深处,牵到一根根迟钝的神经。历史不是羚羊挂角、无踪可寻的，抓住一个个姓氏，攀缘上溯，便有许多蛛丝马迹可寻。

眼见得眼前世界，一夜间热闹起了许多文化，衣食起居，屙屎尿尿，皆上升到文化范畴，冠之曰"文化"，其实，关注一下姓氏，说姓氏可以成为"姓氏文化"，自信在这里不是妄言。

1995 年 11 月